DU GOUT

GENÈVE. IMPRIMERIE F. RAMBOZ ET Cie

DU GOUT

CONSIDÉRÉ SOUS SES FACES DIVERSES

ET

DANS SES RAPPORTS AVEC LA SOCIÉTÉ

SUIVI DE

PASTICHES OU IMITATIONS LIBRES DU STYLE DE QUELQUES ÉCRIVAINS DES XVIIe ET XVIIIe SIÈCLES

PAR

N. CHATELAIN

AUTEUR DU RÊVE DU PÈRE LACHAISE, DES LETTRES DE LIVRY, DE L'HISTOIRE DU SYNODE DE DORDRECHT, DU JURY DES OMBRES, ETC.

..... A qui le *goût* doit-il être indifférent? la *connaissance de ce qui peut être agréable ou désagréable aux hommes*, n'est pas seulement nécessaire à celui qui a besoin *d'eux*, mais encore à celui qui veut leur *être utile*. ROUSSEAU, *Émile*.

..... Ce n'est pas assez de savoir ce que c'est que le Goût, et quels sont les objets auxquels il s'applique; il faut examiner s'il est mobile et changeant par sa nature; dans quelles circonstances il s'épure ou se corrompt, et ce que nous devons craindre ou espérer du moment présent. CHASTELLUX.

Disc. de récep. à l'Acad. française.

PARIS
JOEL CHERBULIEZ, LIBRAIRE, RUE DE LA MONNAIE, 10

GENÈVE
MÊME MAISON, RUE DE LA CITÉ

1855

PRÉFACE

C'est surtout en matière de goût qu'il serait malheureux de fatiguer ses lecteurs, et que les ouvrages les plus courts sont les meilleurs, à commencer par les préfaces.

Rien assurément ne pourrait être plus propre à inspirer le goût, et à en propager les principes, qu'un choix de pensées puisées aux meilleures sources, et qui, tout en présentant l'exemple à côté du précepte, offriraient à la fois des autorités respectables, et d'excellents modèles de discussion, des fragments qui servissent, par leur rapprochement immédiat, à établir, dans chaque division de l'ouvrage, une seule vérité, développée elle-même dans nombre d'idées relatives et de détail...... Mais aussi rien ne serait plus opposé, plus contraire au goût, que de trouver, à la tête d'un petit recueil sur cette matière, un discours (même peu prolixe) où l'on se fût attaché à démontrer l'utilité et surtout le charme de ce que Voltaire, Montesquieu, Pascal, La Harpe, Blair, Marmontel ont pensé et écrit sur ce sujet...... On place un bouquet de roses dans un vase, on le met sur une table, et l'on n'avertit personne.

TABLE DES MATIÈRES

PAGES

Préface V
Introduction 1
Chapitre I. Tout le monde a-t-il essentiellement l'esprit juste? Examen de cette question, ou le pour et le contre de cette thèse 9
» II. Goût. Origine de ce mot 15
» III. Origine philosophique et poétique du Goût. . 21
» IV. Idée générale du Goût chez les hommes ou plutôt ce que c'est qu'avoir un goût à soi. 37
» V. Si l'on peut disputer des goûts et s'il y a un bon et un mauvais goût 43
» VI. Ce que c'est que le Goût (bon goût) et comment on peut le définir 55
» VII. Perfection du Goût et moyen de le former. . 73
» VIII. Goût des connaisseurs. 79
» IX. Que le Goût se rencontre plus fréquemment chez les gens du monde et à la cour . . . 99
» X. Rareté des gens de Goût 121
» XI. Bon goût moral, ou moralité de caractère requise pour la conservation d'un bon goût permanent et incorruptible. 123
» XII. Jusqu'où s'étend l'empire du Goût 139
Conclusion. 149

INTRODUCTION

La moindre attention portée sur ces fragments peut devenir la source d'un plaisir piquant et d'une jouissance vraiment utile. Elle doit surtout s'attacher à faire remarquer, dans un sujet unique, les différences qui existent entre la manière de voir, de sentir, et de s'exprimer des divers auteurs qui ont concouru à former ce recueil. Cela seul est un exercice propre au développement du goût.

Observons d'abord, dit Blair, dans son chapitre sur le Goût, que la grande loi de notre nature, a fait de l'exercice la principale source des progrès de toutes nos facultés.

Quand on se donne la jouissance de parcourir les traités plus ou moins étendus que nous ont laissés des hommes dont l'autorité fait loi en matière de goût, on est frappé de la différence que l'on remarque dans le tour d'esprit de ces écrivains, différence qu'il faut attribuer autant à leur caractère qu'à la diversité de leurs occupations littéraires *.

Entre les mains de Pascal, les principes et les notions du goût ont une certaine simplicité antique, une majesté évangélique ou pour mieux dire de l'Ancien Testament qui frappe et impose, c'est Moïse qui apporte les tables de la Loi.

Maniées par Voltaire, Montesquieu, Diderot et d'Alembert, ces mêmes pensées prennent un autre caractère ; ce ne sont plus deux pierres brutes sur lesquelles le nombre, le lustre et l'harmonie des formes académiques et des périodes oratoires, auraient tracé les caractères de la plus haute importance, les décrets divins..., non, ce sont des vases d'un grand prix, élégants et ciselés avec art.

* Pascal ne nous a pas laissé un traité proprement dit sur le Goût; mais parmi ses pensées il en est un certain nombre qui pourraient former un recueil précieux sur cette matière. Toutes, par leur perfection inhérente au sujet ou au style, sont des modèles de goût.

Personne ne s'exprime sur cet objet avec plus de grâce, de gaîté et de charme que Voltaire, et pour en revenir aux premiers, personne ne s'exprime avec plus de profondeur que Pascal, plus de sagacité que Montesquieu, plus de vraie conviction que Diderot.

Il est aussi des différences essentielles entre la façon dont ces écrivains ont envisagé la matière. Une remarque, par exemple, c'est que Montesquieu semble attendre les idées et les inspirations dans un grand calme, et pour ainsi dire avec indifférence, pendant que Diderot les poursuit, les pourchasse; leurs compositions en donnent l'idée. L'un rappelle l'homme qui court après la Fortune, l'autre, l'homme qui l'attend paisiblement dans son lit, avec cette différence (car toute comparaison est défectueuse) que l'aventurier de la fable ne rapporte quoi que ce soit de ses courses, et que Diderot en rapporte des idées éminemment neuves et philosophiques *.

En matière de goût, l'opinion de Marmontel est recommandable. Blair et Condillac se font remarquer par une dialectique très-subtile, par une métaphysique sé-

* Il est une réflexion à faire, au sujet de Diderot, qui n'aura sans doute pas échappé à ceux qui ont quelque connaissance de ses ouvrages; c'est qu'il parle d'or chaque fois qu'il donne un précepte sur le Goût, ou en fait une définition tandis qu'on ne reconnaît pas toujours le même homme dans ses écrits.

duisante; elle se range fort bien à côté de celle du solitaire de Port-Royal. Mais quelle différence, si ce n'est pour l'autorité, du moins pour l'élocution! Pascal a sur Marmontel l'avantage de la prodigieuse simplicité d'expression. Lorsqu'on suit les phrases de Marmontel, on dirait qu'on entend un homme d'esprit qui débite fort agréablement ses opinions dans un salon élégant au milieu d'une société choisie. Quand on entend Pascal, on croit voir un homme fort uni qui jette, sans la moindre prétention, sur le papier, ses pensées et le premier jet de ses conceptions dans un réduit solitaire, écarté où il n'a pour toute compagnie que son génie.

Je me vois au milieu de ces délicieux fragments (qu'on me permette ici une comparaison) comme un lapidaire au milieu de ses pierreries. Les éclairs de Diderot, ce sont mes topazes du Brésil; les pensées de Marmontel, des améthystes d'Espagne, dont la couleur rappelle son *Flacon pourpre;* les combinaisons profondes et philosophiques de Montesquieu et de d'Alembert, qui ont quelque chose de plus sévère, ce sont des saphirs, des émeraudes. J'ai là un petit tas de rubis balais de Voltaire, et des gros solitaires de Pascal j'en ai deux ou trois; les pensées des femmes sont mes opales, je ne les méprise point, car tout ce qui est gracieux a son prix. Enfin, il n'est point de vérités positives et nécessaires pour se former des notions justes concernant le *goût* qui ne se trouvent ici rassemblées en faisceau, qui ne soient renfermées dans ce petit *code*. La seule chose qu'on pourrait peut-être désirer encore avec raison, c'est l'application de ces mêmes préceptes à un plus grand nombre d'exemples, qui leur donnassent ce même degré d'évidence et de clarté qui entraîne l'assentiment et achève la conviction; car il est généralement reconnu que jamais une vérité n'est mieux prouvée que par un fait, ni un fait mieux établi que par une proposition logiquement déduite. Le fait se transforme alors en preuve qui, à son tour, devient elle-même principe. Au reste, la nature de tous les chapitres ne comportait pas également ce genre de développement, et ceux qui en ont paru susceptibles en offrent aussi le plus grand nombre.

Je m'attends bien à une critique, peut-être même provoquée à dessein. Probablement trouvera-t-on mauvais de voir introduire dans ce sanctuaire de tout ce qu'il y a de plus respectable, en fait d'autorité concernant les matières de goût, quelques demi-autorités, quelques noms d'une célébrité douteuse ou à peine ébauchée, et qui n'ont rien ou peu de chose à opposer, en fait de gloire et de renommée, aux Voltaire, aux d'Alembert, aux Montesquieu. D'accord. Mais comme ici, pas même Voltaire, n'émet son opinion pour briller, mais qu'au contraire chacun tâche de contribuer, de ses moyens, à augmenter le faisceau des idées utiles, l'on a pensé qu'il était tout à la fois convenable, et même dans l'intérêt de ce recueil, de le rendre le plus complet possible. Le seul point qu'il s'agit de déterminer, c'est de savoir si, parmi ces idées, il s'en trouve d'intrinsèquement faibles; et celles-là, de quelque main qu'elles partent, doivent sans doute être élaguées, de même que celles qui seront généralement reconnues recommandables, doivent sans acception de personnes demeurer.

Plus d'une fois j'ai été obligé de faire des transpositions, de couper un paragraphe par le milieu, et d'en rapporter la fin avant le commencement; mais ce serait faire tort à l'intelligence du lecteur de vouloir lui démontrer la convenance et parfois la nécessité de cet ordre; l'enchaînement des idées, la succession la plus naturelle dans la disposition générale le réclamait, et le motive à tel point, qu'il n'est personne qui, ayant un peu de goût et surtout de logique, n'entre tout de suite dans l'idée de cet arrangement indispensable.

Quand on ne gagnerait à la publication de ce livre que d'acquérir quelques notions moins vagues et moins confuses, ou même peut-on dire un résultat net et certain concernant cette importante question : *peut-on disputer des goûts?* encore y aurait-il quelque raison de ne pas savoir trop mauvais gré à celui qui a formé ce recueil. Ce qui prouverait, au besoin, combien le goût est regardé comme essentiel par tous ceux qui ont quelque idée de la valeur des choses, c'est que l'on consentirait encore, à la rigueur, à n'avoir ni esprit, ni imagination, mais certainement personne ne consentira à passer pour manquer de goût, ni surtout pour en avoir un mauvais.

CHAPITRE Ier

TOUT LE MONDE A-T-IL ESSENTIELLEMENT L'ESPRIT JUSTE ?

EXAMEN DE CETTE QUESTION

ou le Pour et le Contre de cette Thèse

POUR SERVIR D'INTRODUCTION

aux Pensées et Considérations sur le Goût.

Pascal. Pensées morales détachées. Art. IX. Pensée XXIX.

Quand on veut reprendre avec utilité, et montrer à un autre qu'il se trompe, il faut observer par quel côté il envisage la chose (car elle est vraie ordinairement de ce côté-là), et lui avouer cette vérité. Il se contente de cela, parce qu'il voit qu'il ne se trompait pas, et qu'il manquait seulement à voir tous les côtés. Or, on n'a pas de honte de ne pas tout voir; mais on ne veut pas s'être trompé; et peut-être que cela vient de ce que naturellement l'esprit ne peut se tromper dans le côté qu'il envisage, comme les appréhensions des sens sont toujours vraies[1].

Lycée de LaHarpe. Helvétius. De l'Esprit.

...... Il (Helvétius) va poser en principe et il prétend démontrer que *chacun a essentiellement l'esprit juste.* Je répète ses propres termes, et il le faut bien: on a quelque peine à imaginer qu'on puisse soutenir un paradoxe si insoutenable. Aussi de tous ceux qu'on a jamais avancés (et ils sont

[1] Les pensées de Pascal moins que celles de personne ont besoin d'éloges pour leur servir de passeport; cependant on aime à voir un grand homme loué par un homme digne de l'apprécier.

«..... Le grand apôtre du goût, le grand maître dans l'art d'écrire et de parler la langue sur tous les tons, ce fut Pascal........ Corneille donna de hautes leçons, mais il donna de mauvais exemples, même dans ses plus beaux ouvrages; et la gloire d'être infaillible était réservée à Pascal.......... Cet esprit, à la fois original et naturel, et aussi simple que transcendant, semblait fait pour être le symbole, l'image vivante du goût......... Jamais homme n'a eu dans un plus haut degré de justesse le sentiment des convenances, et des convenances durables; aussi voit-on qu'il n'a point vieilli; et il ne vieillira jamais.»

MARMONTEL. *Essai sur le Goût.*

en grand nombre et de toute espèce, surtout dans ce siècle), c'est peut-être le seul qui n'ait séduit personne........ « Chacun voit bien ce qu'il voit ; mais personne ne se défiant assez de son ignorance, on croit trop facilement que ce que l'on voit dans un objet est tout ce que l'on peut y voir. » Oui rien n'est plus commun, mais il ne l'est pas moins de voir fort mal cela même que l'on croit voir fort bien. Il en est de l'esprit comme de la vue, et puisque l'auteur adopte cette métaphore, rien n'empêche de la suivre. Non-seulement il y a tel homme qui, dans un espace donné, verra dix fois plus d'objets que moi, mais il verra très-distinctement ceux que je n'aperçois que d'une manière très-imparfaite et très-confuse, ou que je vois même tout autres qu'ils ne sont ; et comme il y a des vues basses, des vues courtes, et des vues faibles et mauvaises, il y a aussi des esprits obtus, des esprits bornés, des esprits obscurs et faux[1]. Supposons qu'il s'agisse de traduire une phrase d'une langue dans une autre : il n'y a qu'un mot qui puisse faire difficulté, parce qu'il offre

[1] Nous avons des aveugles, des borgnes, des bigles, des louches, des vues longues, des vues courtes ou distinctes, ou

en lui-même plusieurs sens, quoique très-certainement il n'y en a qu'un qui soit celui de la phrase ; je les connais tous et je choisis celui qui fait un contre-sens. Dira-t-on que j'ai bien vu ce que j'ai vu ? Non : j'ai vu fort mal la seule chose qu'il y eût à voir, et que j'ai cru voir bien, c'est-à-dire, le sens de la phrase. Pourquoi ? C'est que j'ai manqué ou d'attention, ou de justesse d'esprit, et non pas de connaissance. Je me contente de cet exemple qui détruit le sophisme d'Helvétius, dans ses propres termes. Il serait d'ailleurs bien inutile de réfuter un paradoxe qui ne fera jamais fortune, par cette seule raison que, si chacun se croit l'esprit juste, tout le monde aussi se plaint des esprits faux [1].

confuses, ou faibles, ou infatigables. Tout cela est une image assez fidèle de notre entendement.

VOLTAIRE. *Dict. Phil.*, art. Esprit. sect. VI. Esprit faux

L'inégalité du goût parmi les hommes dépend sans doute, en partie, de la différence de leur constitution, du plus ou moins de délicatesse de leurs organes et de leurs pouvoirs intellectuels.

BLAIR.

[1] REMARQUES. Laharpe manie avec tant de dextérité les armes de la logique, lui-même est si excellent dialecticien que non-seulement on éprouve quelque crainte à essayer de le combattre, mais même quelque répugnance à discuter son

13

Il y a des personnes dont l'esprit est faux, parce qu'elles croient voir la vérité où elle n'est point réellement.

Batteux, Princip. de Littér. Chap. I. Ce que c'est que le goût.

opinion : cependant, comme l'a dit un homme d'esprit, là où Laharpe et Pascal sembleraient n'être pas d'accord, il y a cent à parier que ce n'est pas Pascal qui a tort...... Au reste, la contradiction qui paraissait ici au premier abord n'est qu'apparente. Le professeur du Lycée, en terrassant Helvétius, n'effleure pas même l'opinion de Pascal. Le fragment du premier, mis en regard avec la pensée du sage de Port-Royal, ne présente foncièrement que le même sens.

Pascal ne nie pas qu'il y ait des personnes qui voient *mal* et *faussement* : il analyse seulement, avec sa sagacité ordinaire, cette façon même de voir, où il découvre pour ainsi dire $^{7}/_{8}$ *d'erreur* et $^{1}/_{8}$ *de vérité*. Ces $^{7}/_{8}$ d'erreur constituent dans chaque point de vue imparfait la fausseté dont parle Laharpe (et que nie si formellement Helvétius); l'autre huitième, Pascal le conserve pour l'honneur de l'esprit humain, qui ne peut, selon lui, *se tromper totalement et de tout point*, ce qui semble, en effet, très-juste. D'ailleurs, observez qu'il ne dit pas : la chose est TOUJOURS vraie du côté où on l'envisage, mais ORDINAIREMENT, ce qui affaiblit bien la proposition.

Et si, à tout hasard, il pouvait exister encore des personnes qui trouvassent, malgré ce qu'on vient de dire, que Pascal (qui ne chercha jamais dans les objets que le vrai et le positif) aurait l'air d'être ici le fauteur du paradoxe, des personnes en un mot qui ne voudraient en aucune manière transiger sur cette proposition : « *Tout le monde n'a pas essentiellement l'esprit juste*, » encore pourrait-on dire alors avec vérité que Pascal, lorsqu'il a avancé que *ce que l'on voit dans les choses, on l'y*

La Rochefoucauld. Réflexion II.

On est faux en différentes manières. Il y a des hommes faux qui veulent toujours paraître ce qu'ils ne sont pas.

Il y en a d'autres de meilleure foi, qui sont nés faux, qui se trompent eux-mêmes et qui ne voient jamais les choses comme elles sont. Il y en a dont l'esprit est droit et le goût faux ; d'autres ont l'esprit faux et quelque droiture dans le goût ; il y en a qui n'ont rien de faux dans le goût ni dans l'esprit. Ceux-ci sont très-rares, puisqu'à parler généralement il n'y a personne qui n'ait de la fausseté dans quelque endroit de l'esprit ou du goût.— Ce qui fait cette fausseté si universelle, c'est que nos qualités sont incertaines et confuses, et que nos goûts le sont aussi. On ne voit point les choses précisément comme elles sont.

La Rochefoucauld. Réflexion V.

On craint encore plus de se montrer faux par le goût que par l'esprit.

Mme de Staël. Allemagne.

Ceux qui se croient du goût en sont plus orgueilleux que ceux qui se croient du génie.

voit bien..... n'a pu avoir en vue que les esprits naturellement droits et judicieux, mais ignorants et parfois trop précipités dans leurs jugements.

CHAPITRE II

GOUT

ORIGINE DE CE MOT

Duclos. Considérations critiques et historiques sur le *goût*.

Les mots qu'on entend le plus souvent prononcer ne sont pas toujours ceux qui font naître les idées les plus claires. Le mot *goût*, pris au figuré, est du nombre de ceux dont la signification n'est pas fort précise.

Il paraît assez singulier que, pour exprimer une faculté si fine de l'âme, on ait choisi un des deux sens qui, pris au propre, transmettent le moins d'idées, et ne font jamais que des fonctions matérielles[1]....... Cependant on a choisi le goût pour

[1] Le goût et l'odorat.

le signe, la figure d'une des plus délicates fonctions de l'esprit, même à l'égard des choses qui sont uniquement du ressort de la vue. On cite le *goût* en peinture, en sculpture, en architecture, etc. Si l'on dit d'un connaisseur, qui distingue et apprécie les beautés d'un tableau, qu'il a de *bons yeux*, cette expression ne lui attribue rien de *matériel*, mais du *goût*, et de la *pénétration*; comme on dit encore qu'il a le *tact fin*, quoiqu'il ne soit nullement question de choses qu'on puisse *toucher*. Les *yeux* et le *toucher* sont pris figurément.

Blair. Leçons de Rhétor. Du goût.

La faculté qui nous rend sensibles aux beautés d'une belle perspective ou d'un beau poëme paraît appartenir plutôt à une *sensation* qu'à une *opération intellectuelle*, et c'est sans doute par cette raison qu'on lui a donné le nom du sens qui reçoit et qui distingue le plaisir des aliments. Plusieurs langues ont adopté l'usage métaphorique du terme *goût* dans le sens que nous lui appliquons.

Duclos.

..... Le premier qui adopta le goût pour symbole de ce qui flattait sa vue, son oreille ou son esprit, crut y reconnaître quelque analogie avec l'impression des *saveurs*.

Je me contenterai d'observer avec vous quelle importance les hommes ont donnée à ce sentiment exquis, source de leurs plus doux plaisirs, et combien est ingénieuse la figure dont ils se sont servis pour l'exprimer. Il semble, en effet, qu'après avoir réfléchi sur les organes de nos sensations, ils aient reconnu que celui du goût était le seul qui eût des rapports frappants avec l'idée qu'ils voulaient exprimer ; parce qu'il est le seul qui pénétrant, pour ainsi dire, dans la substance la plus intime des choses, en apprécie les propriétés les plus cachées ; le seul qui joigne l'analyse la plus subtile au jugement le plus rapide ; le seul enfin qui, toujours irrité ou flatté, ne reçoive jamais d'impressions qui ne soient accompagnées de plaisir ou de peine.

Chastellux. Discours de réception à l'Acad. française.

Le goût, ce sens, ce don de discerner nos aliments, a produit dans toutes les langues connues la métaphore qui exprime, par le mot goût, le sentiment des beautés et des défauts dans tous les arts ; c'est un discernement prompt, comme celui de la langue et du palais, et qui prévient, comme lui, la réflexion ; il est, comme lui, sensible et voluptueux à l'égard du bon ; il rejette, comme lui, le mauvais avec soulèvement ; il est souvent,

Voltaire. Dict. philosophiq. Goût.

comme lui, incertain et égaré, ignorant même si ce qu'on lui présente doit lui plaire, et ayant quelquefois besoin, comme lui, d'habitude pour se former.

Il ne suffit pas, pour le goût, de voir, de connaître la beauté d'un ouvrage, il faut la sentir, en être touché. Il ne suffit pas de sentir, d'être touché d'une manière confuse, il faut démêler les différentes nuances; rien ne doit échapper à la promptitude du discernement, et c'est encore une ressemblance de ce goût intellectuel, de ce goût des arts avec le goût sensuel, car le gourmet sent et reconnait promptement le mélange de deux liqueurs: l'homme de goût, le connaisseur verra d'un coup d'œil prompt le mélange de deux styles; il verra un défaut à côté d'un agrément.

Marmontel. Essai sur le Goût.

On a remarqué avant moi l'analogie du *goût* physique avec le goût intellectuel, c'est-à-dire, du sens qui juge les saveurs, du sens intime qui juge en nous les productions des arts, d'après l'impression de plaisir ou de peine qu'en reçoivent l'esprit et l'âme. Je me bornerai donc à dire, que l'un comme l'autre de ces deux sens est une faculté naturelle, perfectible, mais altérable; que l'un comme l'autre varie et diffère selon les temps, les lieux, les mœurs, les habitudes; qu'enfin l'un comme l'autre ne laisse pas d'avoir ses principes d'analogie, ses moyens d'assimilation.

CHAPITRE III

ORIGINE PHILOSOPHIQUE ET POÉTIQUE DU GOUT

. . . .

Diderot. Pensées détachées sur la peinture, sculpture, etc.

Tous disent que le goût est antérieur à toutes les règles, peu savent le pourquoi. Le goût, le *bon goût* est aussi vieux que le *monde*, *l'homme* et *la vertu*; les siècles ne l'ont que perfectionné.

Blair. Leçons de Rhétorique.

Le goût, dans l'acception que nous lui avons donnée, est une faculté que tous les hommes possèdent plus ou moins dans un degré différent. De toutes les affections de la nature humaine, la plus générale est sans contredit celle qui a pour objet quelque genre de beauté. L'ordre, les proportions, la grandeur, l'harmonie, la variété, la nouveauté, etc. frappent agréablement presque tous les hommes. On aperçoit dans mille occasions le goût se développer chez les enfants de très-bonne heure, dans leur préférence pour les formes régulières, dans leur admiration pour les tableaux, les statues et les imitations de toute espèce, enfin dans leur passion pour ce qui est neuf et extraordinaire. Les plus grossiers paysans écoutent avec plaisir des contes et des chansons. Ils sont vivement frappés des beautés du ciel et de la terre. Dans les déserts de l'Amérique, où la nature humaine est à peine débrutie, les sauvages ont adopté des ornements dont ils se parent; ils composent des chansons guerrières et des chansons funèbres. On trouve chez eux des orateurs qui prononcent publiquement des harangues. Nous devons en conclure que les principes du goût sont inhérents à l'esprit humain. Il est aussi naturel à l'homme d'avoir quelques notions de la beauté, que de posséder les attributs de la raison et de la parole.

Mais quoiqu'il n'existe point d'homme privé totalement de cette faculté, il y a souvent une vaste différence de dose ou de degré parmi ceux qui la possèdent; chez les uns, à peine quelques lueurs de goût se font-elles sentir; les beautés qu'ils admirent sont de l'espèce la plus grossière, et leur font une très-légère impression; tandis que d'autres ont dans leur goût un discernement très-fin et distinguent dans les beautés toutes leurs délicatesses. On peut observer en général, que l'inégalité est beaucoup plus sensible parmi les hommes pour ce qui concerne la faculté du goût et ses jouissances, que pour la raison, le jugement ou le bon sens. A cet égard, comme à tous les autres, la constitution de notre nature atteste une sagesse admirable; elle a distribué presque également à tous les hommes les talents nécessaires à leur existence, mais elle a été plus économe des dons qui ne sont applicables qu'aux agréments de la vie, et elle a fait dépendre le degré de leur perfection d'une culture plus ou moins assidûment suivie.

Diderot. Pensées détachées sur la peinture, etc.

La nature commune fut le premier modèle de l'art. Le succès d'une nature moins commune fit sentir l'avantage du choix, et le choix le plus rigoureux conduisit à la nécessité d'embellir ou de rassembler, dans un seul objet, les beautés que la nature ne montrait éparses que dans un grand nombre. Mais comment établit-on l'unité entre tant de parties empruntées de différents modèles? Ce fut l'ouvrage du temps.

Dugald Steward, Philosophie de l'esprit humain.

Dans l'enfance de l'art, toute œuvre de génie requiert dans son auteur l'union intime de ces deux facultés. A cette époque, le goût séparé de l'imagination demeure sans emploi, il est même impossible et inconcevable. Car, comme il ne peut s'être formé sur des monuments qui n'existent pas, il faut qu'il soit le résultat de la seule expérience personnelle. Or cette expérience ne peut se faire que par l'entremise de l'imagination. Dans les cas mêmes où cette réunion a lieu, le goût ne peut être que très-imparfait, parce que l'expérience personnelle est très-bornée. Mais sans imagination, il ne peut pas même exister dans cet état d'imperfection.

A mesure que les arts font des progrès, l'état des choses change. Les productions du génie se multiplient. Le goût se forme par l'étude réfléchie des ouvrages d'autrui. Et tandis qu'auparavant l'imagination était le germe du goût, le goût prend peu à peu la place de l'imagination. Cette dernière faculté, occupée pendant une longue suite de siècles à former des combinaisons variées, offre maintenant au choix du jugement une vaste collection de matériaux. Ce choix est dirigé par la vue de plusieurs modèles excellents. Fort de tous ces secours, un esprit doué de quelque imagination, peut, avec du travail et de l'art, produire des ouvrages, non-seulement plus purs et moins fautifs, mais d'un beaucoup plus grand effet que ceux qui sont le fruit des premiers efforts du génie, et qui ont précédé les règles de l'art; parce que le goût, privé de culture, s'attache à des modèles fort éloignés de la perfection. Ainsi, on peut étendre à tous les beaux-arts cette remarque de Reynolds: « de même que le peintre, en rassemblant « sur un seul objet les beautés éparses de plusieurs « individus, produit une figure qui l'emporte sur « celle de la nature, ainsi l'artiste qui sera parvenu « à réunir les divers mérites de plusieurs peintres, « approchera plus de la perfection qu'aucun des « maîtres qui l'ont formé. »

C'est le bon sens qui est le précurseur, le réclamateur du bon goût. Marmontel. Essai sur le Goût.

..... A la renaissance des lettres, le génie produit le goût, comme à la renaissance du jour, le soleil envoie la lumière..... Cette comparaison est exacte; car le goût est l'émanation et même l'expression du génie, comme la lumière est l'émanation des feux du soleil et l'expression de son éclat. Mercure. CCVIII.

Cartaud, Essais historiques et philosophiques sur le Goût.

Les sciences ont des alternatives de printemps et d'hiver. D'abord elles jetèrent quelques étincelles dans l'Égypte ; sous Alexandre elles parurent avec éclat. Elles rentrèrent dans le tombeau pour renaître sous Auguste, la barbarie gothique les disgracia ; on les vit reparaître sous les auspices de François Ier ; les esprits chagrins et mal intentionnés disent aujourd'hui qu'elles commencent à s'éclipser. Ce cours périodique dans les sciences et les arts fait soupçonner que leur origine passe les bornes qu'il nous a plu lui fixer.

Ce ne sera pas manquer de goût que d'emprunter d'une femme dont toutes les productions en portent l'empreinte, quelques détails sur l'origine et les migrations du goût.

Mme de Charrière. Les trois Femmes.

..... Alors je dis que le *goût* me paraissait être né à *Athènes*, d'où il avait été porté à *Rome* lors de la conquête de la Grèce. Qu'oublié presque partout, pendant un temps assez long, il s'était remontré chez les *Maures* qui en avaient fait part à l'Espagne, ensuite à l'Italie, et que les deux Médicis l'avaient apporté en France ; qu'en Italie il s'était attaché aux peintres, aux musiciens, aux architectes, au lieu qu'en France il avait tourné au profit de l'esprit, des ouvrages d'esprit, et avait rendu la vie privée plus agréable et l'individu plus aimable.

Un autre fragment que l'on s'attend à trouver ici, est le suivant tiré du *Temple du goût*. Voltaire.

. . . .
Jadis en Grèce on en posa
Le fondement ferme et durable.
Puis jusqu'au ciel on exhaussa
Le faîte de ce temple aimable.
L'univers entier l'encensa.
Le *Romain*, longtemps intraitable,
Dans ce séjour s'apprivoisa.
Le musulman plus implacable,
Conquit le temple, et le rasa.
En Italie on ramassa
Tous les débris que l'infidèle
Avec fureur en dispersa.
Bientôt, François Premier osa
En bâtir un sur ce modèle.
Sa postérité méprisa
Cette architecture si belle.

Richelieu vint qui répara
Le temple abandonné par elle.
Louis le Grand le décora ;

Colbert, son ministre fidèle,
Dans ce sanctuaire attira
Des beaux-arts la troupe immortelle.
L'Europe jalouse admira
Ce temple en sa beauté nouvelle ;
Mais je ne sais s'il durera.......

Chastellux. Discours de réception à l'Académie.

Ce n'est pas assez de savoir ce que c'est que le goût et quels sont les objets auxquels il s'applique ; il faut examiner s'il est mobile et changeant par sa nature, dans quelles circonstances il s'épure ou se corrompt, et ce que nous devons craindre ou espérer du moment présent. On dit, on répète beaucoup que le goût change, qu'il doit changer. S'agit-il d'appuyer cette assertion, on ne manque pas de citer la décadence des lettres à Athènes, après le siècle de Périclès, et à Rome après le siècle d'Auguste, mais cette décadence deux fois éprouvée n'a-t-elle pas eu d'autres principes que l'inconstance des hommes? Je sais qu'ils sont avides de nouveautés, qu'ils veulent donner l'exemple et non pas le recevoir, et que toutes les fois qu'ils voient leurs guides trop loin d'eux ils aiment mieux se frayer d'autres routes que de faire d'inutiles efforts pour les atteindre ; c'est, je l'avoue, une cause constante et naturelle du goût. Il paraît cependant que son effet ne doit être que momentané. Si l'inconstance nous fait abandonner la bonne route, le dégoût tôt ou tard nous y ramène ; car ce serait un singulier privilége de l'erreur que de fixer l'opinion toujours vacillante. Il faut donc aller plus loin pour trouver les obstacles qui ont empêché les hommes de revenir sur leurs pas. Eh ! comment ce retour eût-il été possible, lorsqu'à ces mêmes époques d'étonnantes révolutions changèrent la face entière du monde.

Athènes était florissante, les Euripide, les Xénophon, les Platon, reposaient à peine sous une tombe honorée, lorsque Alexandre vint imposer des fers à la Grèce, pour en préparer à l'Asie. Tout fléchit sous l'empire de son génie ; mais à peine avait-il subjugué tant de peuples amollis qui n'étaient pas mêmes dignes de l'avoir pour maître, qu'il fut subjugué à son tour par ses propres passions. Après avoir donné l'exemple du courage, il donna celui de la corruption, et ce fut le mieux suivi ; alors la vertu opprimée ou négligée disparut avec la liberté, et l'orgueil asiatique remplaça les mœurs de la Grèce. La république des Lettres dut partager ces révolutions, et de même que l'empire d'Alexandre fut divisé entre plusieurs tyrans, tous rivaux ou ennemis, de même ce goût sage et éclairé qui s'était épuré dans Athènes, ne tarda pas à disparaître pour faire place à la licence des opinions et à l'orageuse tyrannie des sectes. Disons-le à l'honneur des Belles-Lettres, si elles n'ont pas, comme la philosophie, l'avantage d'influer sur la politique et sur la législation, on leur doit du moins cette louange, qu'elles n'ont jamais fleuri dans l'esclavage, et que le bon goût, quoique apanage de l'esprit, tient toujours à la noblesse de l'âme. C'est encore chez les Grecs que j'en chercherai la preuve.

Deux événements extraordinaires, qu'on ne se lasse jamais d'admirer, ont illustré cette contrée: toutes les forces de l'Asie s'unissent pour l'envahir, une poignée d'hommes leur résiste, les combat, les dissipe. Deux siècles s'écoulent à peine qu'un petit nombre de Grecs passent les mers à leur tour et font en peu d'années la conquête de l'Asie. On n'a pas encore décidé lequel de ces deux événements est le plus glorieux pour les Grecs: tout ce qu'on peut assurer, c'est qu'ils peuvent être placés sur la même ligne. Mais le premier donna un tel essor à cette nation, qu'on dût penser que tous les lauriers de la gloire naissaient les uns des autres, et que celle des armes n'avait fait que donner le signal ; c'est que la liberté fut le prix de la victoire. Le second ne fit qu'avilir l'humanité, décourager les lettres et corrompre le goût, parce que l'esclavage fut le prix de la conquête. Osons donc rejeter sur les ambitieux et sur les conquérants, le reproche d'instabilité qu'on fait aux lettres. Eh ! quel voyageur en déplorant les ruines de la Campanie, peut accuser la fragilité des anciens édifices, lorsqu'il voit la bouche du Vésuve encore fumante, et qu'il sent la terre trembler sous ses pas ?

Il faut pourtant avouer, Messieurs, que toutes ces grandes révolutions, dont l'asservissement des peuples a été la conséquence nécessaire, ne furent pas également funestes au progrès des lettres. Le siècle d'Auguste en fournit un exemple. Dans cette époque désastreuse et brillante, où la nature humaine exaltée et sortie, pour ainsi dire, de son équilibre, parut exagérer les vertus et les vices, pour laisser à la postérité les plus pernicieux exemples et les plus beaux modèles, Rome, toute dégouttante de sang, s'élevait aux honneurs de la Grèce ; et tandis que ses consuls portaient le fer et le feu dans l'antique séjour des arts et des lettres, de nouveaux Démosthènes florissaient dans ses murs et disputaient aux Scipions la gloire d'immortaliser leur patrie. Mais observez, Messieurs, que si dans ces terribles convulsions qui précédèrent le règne d'Octave, Rome fut souvent opprimée, elle ne fut jamais humiliée. Ses entrailles étaient déchirées, mais ses bras était forts et redoutables. L'esprit de discorde régnait au dedans, l'esprit de conquête régnait au dehors, et les beaux-arts eux-mêmes furent pour elle une conquête. C'est une vérité qui vous est familière, mais dont on ne saurait être trop pénétré, si l'on veut se faire une idée de la littérature ancienne. Non, les Romains n'ont rien inventé; et peut-être pourrait-on ajouter que s'il est des genres qu'ils ont perfectionnés, il en est d'autres où l'imitation même ne leur a pas réussi. C'est surtout dans les beaux-arts que leur supériorité est le plus reconnaissable. La musique, la peinture, la sculpture, parurent parmi eux comme d'illustres étrangères auxquelles on s'empressa de rendre hommage; mais leur sort fut semblable à celui de Cléopâtre et de Bérénice; elles eurent du crédit sans pouvoir devenir citoyennes; elles furent aimées, mais elles ne régnèrent pas.

Gardons-nous cependant d'être ingrats envers les Latins. Qu'ils soient les premiers ou non, ils sont toujours nos modèles. Quelle heureuse révolution pour les lettres que celle qui les transplanta tout à coup chez les maîtres du monde, qui leur prêta toute la splendeur d'une république victorieuse, et toutes les richesses de l'univers soumis ! Ainsi la plante qui dépérissait dans un sol négligé, si elle vient à être transplantée dans nos jardins, ne tarde pas à se couronner de fleurs, et à reprendre son premier éclat.

Hasarderai-je, Messieurs, une opinion que je n'exposerai qu'avec timidité, et dans laquelle votre suffrage peut seul m'affermir? Je pense que cette époque où les Romains, déjà formés par leurs propres études, se sont emparés de la littérature grecque, est celle où le goût a dû se perfectionner ; je dirai plus, où le goût a commencé à faire sentir son empire. Voici ma raison : je crois que quelque extension qu'on donne à cette faculté de notre esprit, son emploi le plus fréquent est de choisir. Le génie, les talents sont occupés à produire ; le goût examine, il adopte ou rejette. Or il est des habitudes qui préviennent nos jugements, ou plutôt qui, nous en présentant de tout faits, servent à la fois notre amour-propre et notre paresse. C'est ainsi que se forme le goût national ; le plus souvent il doit son origine à des circonstances locales, telles que le climat, la nature du sol, la situation même de la terre qu'on habite. Il est modifié ensuite par toutes les institutions divines et humaines telles que la législation et la religion ; enfin par le hasard même qui dispose des événements, qui donne et ôte le succès, élève ou abaisse les nations, et distribue d'une main inégale les victoires et les talents.

On a dit, et si l'aveugle prévention a été plus ardente à soutenir cette opinion, la saine philosophie n'a pu la démentir, on a dit que les Grecs avaient été de tous les peuples le plus favorisé de la nature. Est-ce aux avantages du climat, est-ce au hasard seul qu'ils durent cette langue harmonieuse et savante, qui précédant et égalant même la peinture, sut représenter les objets avec l'exactitude des formes et la richesse des draperies? Quoi qu'il en soit, il est aisé de voir que cet instrument, si heureusement inventé et si rapidement perfectionné, dut servir beaucoup à hâter leur progrès, mais il dut aussi en déterminer la marche. La facilité de parler et le plaisir physique qu'on éprouvait à écouter les poëtes et les orateurs, ne servaient que trop bien deux passions naturelles aux Grecs : un amour effréné pour la gloire, qui approchait beaucoup de la vanité, et une excessive curiosité qui devenait souvent frivole et puérile. De là ces longues descriptions de combats dont l'Iliade est grossie, et ces fables, ces narrations extravagantes auxquelles Ulysse se livre avec tant de plaisir dans l'Odyssée ; de là encore cet appareil de mots dont Platon ornait ou plutôt enveloppait la philosophie, au point même qu'après que l'éloquence s'était montrée avec tant de succès, la vérité voyant tous les applaudissements prodigués à sa rivale, se retirait en silence pour attendre un moment plus favorable. Ainsi l'abondance nuisait à la richesse, et la Grèce, semblable à une terre trop fertile, promettait beaucoup et ne donnait pas toujours assez.

La main sévère de l'agriculteur romain vint porter la faulx dans ces champs trop hâtifs. La précision, la force, l'énergie formaient le caractère de la langue latine, comme celui du peuple qui la parlait. Elle avait besoin de nombre et d'élégance, elle en emprunta de la langue grecque. Celle-ci, trop libre dans son essor, demandait à être contenue et restreinte ; c'était une armée nombreuse et brillante mais indisciplinée ; l'austérité romaine lui servit de frein et la contint dans de justes limites. Alors le goût sollicité, invoqué de part et d'autre, commença à ériger son tribunal et à établir son empire. Dès ce moment le goût national dut plier sous un goût plus abstrait et plus général. Plus on eut d'objets de comparaison, plus le choix devint à la fois nécessaire et délicat.

Anonyme.

Chez les Français, dont les appréhensions morales sont parvenues au dernier degré de délicatesse et de raffinement, le goût est plutôt un instinct qui les avertit de ce qui pourrait les blesser, qu'un moyen de leur procurer des jouissances; c'est pour eux un talisman contre les ridicules. Au contraire chez les peuples du Nord, et particulièrement chez les Allemands, le goût ou plutôt leur goût particulier, est un moyen très-actif d'augmenter leur plaisir; c'est un vêtement d'amiante avec lequel ils affrontent le feu de la critique; ils se jettent avec lui au travers des flammes pour aller atteindre quelque objet rare, particulier, bizarre ou même précieux qu'ils voient au delà, et que personne d'autre assurément n'aurait osé songer à conquérir. Ainsi le goût se modifie d'après le caractère et le tour d'esprit des nations et des individus.

CHAPITRE IV

IDÉE GÉNÉRALE DU GOUT CHEZ LES HOMMES

ou plutôt

ce que c'est qu'avoir un goût à soi.

Les principes du goût sont inhérents à l'esprit humain. Il est aussi naturel à l'homme d'avoir quelques notions de la beauté que de posséder les attributs de la raison et de la parole.

Blair. Cours de Rhétorique. Du Goût.

Il y a un modèle d'agrément et de beauté, qui consiste en un certain rapport entre notre nature faible ou forte, telle qu'elle est, et la chose qui nous plaît. Tout ce qui est formé sur ce modèle

Pascal. Pensées diverses de Philosophie et de Littérature Pensée XXIV.

nous agrée : maison, chanson, discours, vers, prose, femmes, oiseaux, rivières, arbres, chambres, habits. Tout ce qui n'est pas sur ce modèle déplait à ceux qui ont le goût bon[1].

[1] Sur tout ce que Pascal a écrit, il n'existe peut-être pas six lignes qui ne soient pas dignes de lui ; du reste, on sait que plusieurs de ces fragments (en matière de littérature et de philosophie surtout) n'étaient que le premier jet de sa pensée ; il se proposait d'en revoir quelques-uns..... En admettant cette supposition, ne serait-il pas permis de croire que Pascal aurait substitué à ces mots : « Tout ce qui n'est point sur ce modèle déplait à ceux qui ont le goût bon, » quelque chose d'approchant à ceux-ci : « Tout ce qui n'est point sur ce modèle déplait à ceux qui ont un goût à eux invariable..... qui ne se laisse point influencer par l'opinion, mais qui, nonobstant qu'il soit toujours conséquent, peut fort bien encore n'être pas le meilleur de tous les goûts possibles.....» A moins d'admettre ce léger changement, il faudrait poser en principe que le goût chez tous les hommes ne se contente jamais que de la perfection, qu'en un mot partout la perfection dans le goût est une comme la vérité...... Or cette hypothèse, démentie dans son ensemble par l'expérience de tous les siècles, mais vraie et fondée dans quelques observations de détail, rentrerait dans ce que Pascal a exprimé en disant : « Quand on veut reprendre avec utilité, et montrer à un autre qu'il se trompe, il faut observer par quel côté il envisage la chose (car elle est vraie ordinairement de ce côté-là), et lui avouer cette vérité. Il se contente de cela, parce qu'il voit qu'il ne se trompait pas, et qu'il manquait seulement à voir tous les côtés. Or, on n'a pas

Le goût dans l'acception la plus étroite de ce mot, pris figurément, est le sentiment vif et prompt des finesses de l'art, de ses délicatesses, de ses beautés les plus exquises, et même

Marmontel. Essai sur le Goût.

de honte de ne pas tout voir ; mais on ne veut pas s'être trompé ; et peut-être que cela vient de ce que naturellement l'esprit ne peut se tromper dans le côté qu'il envisage, comme les appréhensions des sens sont toujours vraies. »

Pascal est l'opposé de Montaigne, qui aime à laisser flotter son opinion tout en se permettant, avec une sage sobriété, quelques détails charmants, quelques aperçus pleins de grâce et de finesse, il avance en droiture vers la certitude des choses et des principes ; les opinions absolues, autant qu'elles peuvent s'accorder avec la faiblesse humaine, lui plaisent. Observons que dans cette définition du goût (qui n'est qu'une esquisse) on sent, comme dans tout ce que Pascal a écrit, l'écrivain supérieur, le profond métaphysicien : il est le premier qui ait découvert cette connexion intime, cette affinité secrète entre notre goût et notre nature faible ou forte..... De son temps on n'avait pas encore discuté cette question du goût et toutes celles qui s'y rattachent ; c'était un sujet absolument neuf qui n'avait point été analysé ; et cependant (à la restriction près qu'il établit sa thèse d'une manière un peu générale) Pascal s'est parfaitement rencontré avec Voltaire quand il a dit : « L'amour de ce beau éternel qui caractérise la nature ; la passion de conformer ses tableaux à je ne sais quel modèle qu'il a créé, et d'après lequel il a les idées et les sentiments du beau, voilà le goût de l'homme de génie. »

..... « Nous reconnaissons la beauté quand nous la voyons,

de ses défauts les plus imperceptibles et les plus séduisants.

Le goût dans une acception plus étendue est la prédilection ou la répugnance de l'âme pour tels ou tels objets du sentiment ou de la pensée.

Dans le premier cas, on dit d'un homme *qu'il a du goût*; dans l'autre, on dit que *chacun a son goût*.

Montesquieu. Essai sur le Goût.

La définition la plus générale du goût, sans considérer s'il est bon ou mauvais, juste ou non, est ce qui nous attache à une chose par le sentiment : ce qui n'empêche pas qu'il ne puisse s'appliquer aux choses intellectuelles, dont la connaissance fait tant de plaisir à l'âme, qu'elle était la seule félicité que de certains philosophes pussent comprendre. L'âme connait par ses idées et par ses sentiments : car quoique nous opposions l'idée au sentiment, cependant lorsqu'elle voit une chose,

parce qu'elle est l'image extérieure de l'idéal, dont le type est dans notre intelligence....... » Ce passage de l'ouvrage d'une femme célèbre [*] a quelque rapport avec la pensée de Pascal qu'il rappelle.

[*] Mme de Staël. *De l'Allemagne*.

elle la sent, et il n'y a point de chose si intellectuelle qu'elle ne voie ou qu'elle ne croie voir et par conséquent qu'elle ne sente[1].

[1] Cette pensée profonde de l'auteur de *l'Esprit des Lois*, l'abbé Batteux l'a très-bien développée dans ses *Principes de Littérature*, *chapitre I*, *ce que c'est que le goût*, fragment qui se trouve placé au commencement du chapitre VI de ce recueil.

CHAPITRE V

SI L'ON PEUT DISPUTER DES GOUTS

et s'il y a

un bon et un mauvais goût.

SECTION Ire

Comme il ne dépend pas de la volonté ou du caprice des hommes de trouver une chose bonne et telle autre mauvaise, mais qu'ils sont comme forcés par une opération involontaire de leur jugement ; aussi longtemps que les hommes seront organisés comme ils le sont, leur jugement se

Grimm. Correspondance littéraire.

rapportant toujours à tel ou tel type de beauté ou de laideur, il y aura toujours pour eux une beauté et une bonté absolues. Ceux donc qui disent qu'il ne faut pas disputer des goûts ne savent ce qu'ils disent ; car, par exemple, ce qui est digne de plaire doit plaire nécessairement partout, à tous les hommes et dans tous les siècles, parce que les hommes ayant les mêmes organes et étant affectés de même doivent nécessairement juger en général toujours et partout de même.

Monnard,
Discours sur les
causes
de la décadence
du goût.

Il y a un goût universel. Dans toutes les langues perfectionnées on trouve ces expressions : bon goût, mauvais goût. Chez toutes les nations cultivées, on en appelle au bon goût, quand on veut juger un livre, un tableau, une composition musicale, un morceau d'architecture. Ce bon goût n'est-il qu'une expression vide de sens? Ou bien a-t-il quelque fondement dans la nature de l'homme?..... Qu'on nous permette de nous restreindre à l'observation suivante :

Nous ne pouvons généralement pas nous défendre d'une sorte d'impatience, qui va quelquefois jusqu'à l'indignation, lorsque nous voyons quelqu'un différer essentiellement de nous pour les opinions en matière de goût. Est-ce notre amour-propre qui se trouve offensé? Non, c'est un sentiment, qui, si j'ose le dire, nous intéresse plus que nous-mêmes. Nous avons la conscience d'un goût naturel et droit, qui est, dans le domaine du beau, ce que le bon sens est dans le domaine du vrai. Si nous tenons opiniâtrément à notre goût, ce n'est point parce que c'est le nôtre, mais parce que nous sentons qu'il est conforme à ce goût primitif. Nous pardonnons volontiers une opinion ou un goût contraire à une manière de voir qui nous est tout à fait personnelle, mais nous souffrons impatiemment une opinion qui heurte ce qu'on pourrait appeler le bons sens du goût. Ce goût originel n'étant que celui du beau dans la nature, et le beau dans les arts que l'imitation du beau naturel, le bon goût est nécessairement un principe unique.

Le véritable bon goût est toujours fondé sur la raison ; mais beaucoup de gens sont intéressés à soutenir qu'il est arbitraire. Ce sont des anarchistes qui se révoltent contre la règle qui les gêne.

Mme de Genlis.
Petit La Bruyère
Du Goût
dans les ouvrages
de littérature.

Le goût est pour les muses ce que le Destin était pour les dieux mêmes : ses arrêts sont irrévocables.

Tressan.
Réflex. sommaires
sur l'Esprit.
Ch. XI. Du Goût.

Tressan. Application des lois du Goût aux beaux-arts.

Le proverbe si trivial qui veut rendre l'idée du goût problématique en disant, il ne faut point disputer des goûts, ce proverbe n'est fait que pour le peuple qui confond toujours les sens physiques avec l'intelligence née de leurs rapports.

Traduction de Quintilien, par l'abbé Gedoyn. Préface.

.....C'est une chose qui se dit communément qu'il ne faut point disputer des goûts, sans doute parce que cela est inutile, tout homme trouvant son goût bon. Cependant on convient qu'il y a un bon et un mauvais goût. Si donc le goût qui régnait du temps de Cicéron et de Virgile, était bon, il faut conclure que celui qui régna ensuite était mauvais, puisqu'il était non-seulement différent, mais même contraire.

La Bruyère. Chapitre des ouvrages de l'esprit.

Il y a dans l'art un point de perfection comme de bonté ou de maturité dans la nature ; celui qui le sent et qui l'aime a le goût parfait, celui qui ne le sent pas, et qui aime en deçà ou au delà a le goût défectueux. Il y a donc un bon et un mauvais goût, et l'on dispute des goûts avec fondement[1].

[1] Ce même fonds de pensée, que La Bruyère a enrichi d'un

.....Le goût a des règles locales qui se rendent en milles choses dépendantes des climats, des mœurs, du gouvernement, des choses d'institution ; il y en a d'autres qui tiennent à l'âge, au sexe, au caractère, et c'est en ce sens qu'il ne faut pas disputer des goûts. Émile.

........Devons-nous croire, conformément au proverbe, qu'on ne doit point disputer des goûts, et que tout ce qui plaît est bon, puisqu'il a la qualité de plaire? C'est là la question, elle est infiniment délicate. Blaır. Leçons de Rhétorique. Leçon II. Du Goût.

tour métaphorique, semble en premier principe appartenir à Horace :

Est modus in rebus, sunt certi denique fines
Quos ultra, citra que nequit consistere rectum.
Horace. Sat. 1, lib. 1, vers 106 & 107.

Molière et Racine ont atteint la perfection de leur art : en deçà, il n'y a que des avortons ; en delà que des monstres.
Journal des Débats, 27 octobre 1814.

Parmi les hommes de lettres du Nord, il existe une bizarrerie qui dépend plus pour ainsi dire de l'esprit de parti que du jugement. Ils tiennent aux défauts de leurs écrivains presque autant qu'à leurs beautés ; tandis qu'ils devraient se dire, comme une femme d'esprit en parlant des faiblesses d'un héros : C'est malgré cela, et non à cause de cela, qu'il est grand.
Stael, *De la Littérature*, Chap. XII. Du principal défaut que l'on reproche en France à la littérature du Nord.

J'observerai d'abord que s'il n'existe point de règle pour le goût, il s'ensuit nécessairement que tous les goûts sont également bons; et quoique cette proposition puisse passer en quelque façon pour les choses de peu de conséquence, ou lorsqu'il ne s'agit que de faibles différences dans les goûts des hommes[1], l'absurdité de ce raisonnement devient palpable dès qu'on l'applique généra-

[1] Voltaire, avec sa sagacité ordinaire, a parfaitement distingué les deux cas dont parle ici Blair. Il a tracé une ligne de démarcation entre ce qui est arbitraire en fait de goût et ce qui ne l'est pas, en donnant le nom de *fantaisie* et non pas de goût à tout ce qui a pour objet quelque chose de futile ou de peu important. Le goût est arbitraire dans plusieurs choses, comme dans les étoffes, dans les parures, dans les équipages, dans ce qui n'est pas au rang des beaux-arts; alors il mérite le nom de fantaisie. C'est la fantaisie plutôt que le goût qui a produit tant de modes nouvelles. *Dictionn. philosoph. Art. Goût.*

Excepté en fait de statues, de tableaux, d'architecture, de littérature et de musique, je crois que le goût est arbitraire en affaires de conventions. *Œuvres choisies du prince de Ligne.*

Il peut y avoir divergence de goût sur les bagatelles, mais non sur les objets essentiels. La diversité des goûts peut s'appliquer à ce qui est agréable, car les sensations sont la source de ce genre de plaisirs; mais tous les hommes doivent admirer ce qui est beau, soit dans les arts, soit dans la nature, parce qu'ils ont dans leur âme des sentiments d'origine céleste que la beauté réveille et dont elle fait jouir. *Staël. De l'Allemagne.*

lement, ou à des différences extrêmes. Car en bonne foi quelqu'un pourrait-il soutenir sérieusement qu'un Lapon ou un Hottentot a dans le goût autant de délicatesse et de correction qu'un Longin ou un Addison? Vu que, sans manquer de capacité ou de bon sens, on peut considérer un mauvais gazetier comme un historien comparable à Tacite?.... Comme cette opinion paraitrait incontestablement de la dernière extravagance, on doit nécessairement conclure qu'il existe quelque base ou principe pour déterminer la préférence du goût d'un homme sur le goût d'un autre; c'est-à-dire que les qualités de bon et de mauvais, de faux et de juste, peuvent s'appliquer au goût comme à toute autre chose.

Voltaire. Dissertation sur l'Héraclius de Calderon.

Il y a certainement un bon et un mauvais goût; si cela n'était pas, il n'y aurait aucune différence entre les chansons du Pont-Neuf et le second livre de Virgile. Les chantres du Pont-Neuf seraient bien reçus à nous dire: Nous avons notre goût; Auguste, Mécène, Pollion, Varius avaient le leur! et la Samaritaine[1] vaut bien l'Apollon-Palatin.

[1] Figure qui décorait le Château d'Eau.

Voltaire. Dictionnaire philosophique. Article Goût.

On dit qu'il ne faut point disputer des goûts, et on a raison, quand il n'est question que du goût sensuel, de la répugnance qu'on a pour une certaine nourriture, de la préférence qu'on donne à une autre : on n'en dispute point parce qu'on ne peut corriger un défaut d'organes. Il n'en est pas de même dans les arts ; comme ils ont des beautés réelles, il y a un bon goût qui les discerne, et un mauvais goût qui les ignore ; et on corrige souvent le défaut d'esprit qui donne un goût de travers. Il y a aussi des âmes froides, des esprits faux, qu'on ne peut ni échauffer, ni redresser ; c'est avec eux qu'il ne faut point disputer des goûts, parce qu'ils n'en ont point.

SECTION II

ou la question :

Y A-T-IL UN BON ET UN MAUVAIS GOUT

se trouve encore plus directement discutée

ET REÇOIT DE NOUVEAUX DÉVELOPPEMENTS

Comme les goûts extraordinaires ne sont qu'une transgression des bornes reçues ou prescrites, il est de leur essence de n'en pas avoir. — Golowkin.

..... Le vrai goût n'imite rien, et aime mieux la convenance que l'invention. Nous avons vu le carré ou le rond, le simple, le noble pour les ornements, conservé dans Paris par Mme Géoffrin et M. de La Live, au milieu des erreurs du contourné, rocailleux et irrégulier des dessins de Blondel, exagérés par Mme de Pompadour, et qu'on trouve encore dans d'anciens appartements. — Œuvres choisies du Prince de Ligne.

Voltaire. Dict. philosophiq. Art. Goût, Sec. II.

Y a-t-il un bon et un mauvais goût? Oui sans doute, quoique les hommes diffèrent d'opinions, de mœurs, d'usages.

Le meilleur goût, en tout genre, est d'imiter la nature avec le plus de fidélité, de force et de grâce.

Mais la grâce n'est-elle pas arbitraire? Non, puisqu'elle consiste à donner aux objets qu'on représente de la vie et de la douceur.

Entre deux hommes dont l'un sera grossier, l'autre délicat, on convient assez que l'un a plus de goût que l'autre.

Batteux. Princip. de Littér. Chap. I. Ce que c'est que le goût.

Il est un bon goût. Cette proposition n'est point un problème, et ceux qui en doutent ne sont point capables d'atteindre aux preuves qu'ils demandent. Mais quel est-il ce bon goût?...... Il est un bon goût, qui est seul bon. En quoi consiste-t-il? De quoi dépend-il? Est-ce de l'objet ou du génie qui s'exerce sur cet objet[1]. A-t-il des règles, n'en a-t-il

[1] Dans la *Manière de bien penser* (du Père Bouhours), on trouve ces deux questions : Est-ce de l'objet ou du génie qui s'exerce sur cet objet? résolues par l'affirmative. Le goût est un sentiment naturel, dit-il, qui tient à l'âme et qui est indépendant de toutes les sciences qu'on peut acquérir. Le goût n'est autre chose qu'un certain rapport qui se trouve entre l'esprit et les objets qu'on lui présente ; enfin le bon goût est

point? Est-ce l'esprit seul qui est son organe, ou le cœur seul, ou tous deux ensemble? Que de questions sous ce titre si connu, tant de fois traité et jamais assez clairement expliqué.

Le *goût*, quoique peu commun, n'est point arbitraire; cette vérité est également reconnue de ceux qui réduisent le *goût* à sentir, et de ceux qui veulent le contraindre à raisonner. D'Alembert. Réflexions sur le Goût.

C'est en consultant notre cœur et notre esprit; c'est en examinant les effets produits sur les autres, qu'on peut former des principes qui acquièrent une autorité en matière de goût. Blair.

le premier mouvement, ou pour ainsi dire une espèce d'instinct de la droite raison qui l'entraîne avec rapidité, et qui la conduit plus sûrement que tous les raisonnements qu'elle pourrait faire*.

* Que le goût soit indépendant de toutes les sciences qu'on peut acquérir, le docteur Blair n'en est pas précisément d'accord; voyez ce qu'il dit à cet égard, tome I, page 23, de ses Leçons de rhétorique. Au reste, une remarque à faire sur cette définition par le père Bouhours, c'est combien on y trouve moins de raisonnement et de bonne métaphysique que dans celles de Condillac et de Blair. En compensation on y trouve plus de mouvement et de chaleur; *le goût n'est autre chose qu'un certain rapport entre l'esprit et l'objet qu'on lui présente*, fait souvenir de la belle pensée de Pascal : *Il y a un modèle d'agrément et de beauté qui consiste en un certain rapport entre notre nature faible ou forte, telle qu'elle est, et la chose qui nous plaît.* L'expression, *cet instinct de la droite raison*, est fort heureuse, et rappelle cette autre expression de La Rochefoucauld, justement admirée : *Les passions sont comme un art de la nature.* Quant au mot *sciences*, on voit qu'il est là pour celui des *connaissances*, lequel n'avait point encore reçu l'acception générale qu'il a acquise depuis; au contraire, celui de *sciences* en avait alors une fort étendue, qui s'est restreinte de nos jours.

CHAPITRE VI

CE QUE C'EST QUE LE GOUT (BON GOUT), ET COMMENT ON PEUT LE DÉFINIR.

SECTION Ire

Le *goût* est dans les arts ce que l'*intelligence* est dans les sciences. Leurs objets sont différents à la vérité, mais leurs fonctions ont entre elles une si grande analogie que l'une peut servir à expliquer l'autre.

Batteux, Princip. de Littér. Chap. I. Ce que c'est que le goût.

Le vrai est l'objet des sciences. Celui des arts est le bon et le beau, deux termes qui rentrent presque dans la même signification, quand on les examine de près.

L'*intelligence* considère ce que les objets sont en eux-mêmes, selon leur essence, sans aucun rapport avec nous. Le *goût*, au contraire, ne s'occupe de ces mêmes objets que par rapport à nous.

Il y a des personnes dont l'esprit est faux, parce qu'elles croient voir la vérité où elle n'est point réellement. Il y en a aussi qui ont le goût faux, parce qu'elles croient sentir le bon ou le mauvais, où ils ne sont point en effet.

Une *intelligence* est donc parfaite quand elle voit sans nuage et qu'elle distingue sans erreur le vrai d'avec le faux, la probabilité d'avec l'évidence. De même le *goût* est parfait aussi, quand par une impression distincte, il sent et le bon et le mauvais, l'excellent et le médiocre, sans jamais les confondre, ni les prendre l'un pour l'autre.

Je puis donc définir l'intelligence la facilité de connaître le vrai et le faux, et de les distinguer l'un de l'autre ; et le bon goût, la facilité de sentir le bon, le mauvais, le médiocre, et de les distinguer avec certitude.

..... Je pars d'un principe que personne ne conteste. Notre âme *connaît*, et ce qu'elle connaît produit en elle un *sentiment*. La *connaissance* est une *lumière* répandue dans notre âme ; le *sentiment* est un *mouvement* qui l'agite : l'une *éclaire*, l'autre *échauffe*. L'une nous fait *voir* l'objet, l'autre nous y *porte* ou nous en *détourne*. Le *goût* est donc un *sentiment*.

Quoique ce *sentiment* paraisse partir brusquement et en aveugle, il est cependant toujours précédé au moins d'un éclair de *lumière*[1] à la faveur duquel nous découvrons les qualités de l'objet. Il faut que la corde ait été frappée avant de rendre le son. Mais cette opération est si rapide que souvent on ne s'en aperçoit point, et que la raison quand elle revient sur le *sentiment* a beaucoup de peine à en reconnaître la cause. C'est pour cela peut-être que la supériorité des anciens sur les modernes est si difficile à décider. C'est le goût qui en doit juger, et à son tribunal on *sent* plus qu'on ne *prouve*.

Il y en a qui sont sensibles à ce qui est bon et choqués de ce qui ne l'est pas ; leurs vues sont nettes et justes, et ils trouvent la raison de leur goût dans leur esprit et dans leur discernement. La Rochefoucauld. Réflex. diverses.

[1] C'est l'*intelligence* qui remue le *sentiment*.

VAUVENARGUES. *Du Goût.*

La Rochefoucauld. Réflexion V.

Il y en a qui, par une sorte d'instinct dont ils ignorent la cause, décident de ce qui se présente à eux, et prennent toujours le bon parti.

Mme de Lambert. Réflexions sur le Goût.

Le goût est le premier mouvement et une espèce d'instinct qui nous entraîne et qui nous conduit plus sûrement que tous les raisonnements.

Le goût est ce je ne sais quoi qu'on sent et qu'on ne peut pas dire, qui vous attire et qui vous unit si intimement. Le goût a un empire bien étendu, puisqu'il s'étend sur tout.

Condorcet.

Le goût est le sentiment du beau.

Duclos. Considérations critiques et historiques sur le Goût.

Le bon goût est un et se dirige constamment vers le vrai beau.

Anonyme.

Le goût n'est proprement que la perfection en toutes choses.

Mascaron. Oraison de Mme Henriette d'Angleterre.

..... L'aiguille touchée de l'aimant cherche la direction du pôle, plus elle est fine, moins elle décline. Il y a des âmes privilégiées, si bien touchées du goût du vrai et du faux, que leurs premiers mouvements les tournent toujours infailliblement au point où l'un et l'autre se trouvent.

Le bon goût est une certaine droiture d'âme, par laquelle l'âme voit le bon et l'approuve. Synonymes français.

Le goût n'est que la suite d'un sens droit, et le sentiment prompt d'un esprit bien fait. Voltaire. Siècle de Louis XIV.

..... L'esprit peut très-bien s'allier avec le ridicule, mais pour peu qu'on ait de jugement, on s'en trouve infailliblement préservé, ce qui m'a toujours fait penser que le bon goût provient plutôt du jugement que de l'esprit. Souvenirs de la marquise de Créqui.

La justesse d'esprit est la base du goût. Duclos.

Le goût est un sentiment non raisonné, la discussion peut le confirmer, quelquefois le détruire, et ne l'inspire jamais. S'il est accompagné et guidé par une sorte de discussion, elle est si fine et si prompte, qu'elle paraît plutôt être un effet de l'instinct qu'un jugement en forme.

Le goût naturel n'est pas une connaissance de Montesquieu. Essai sur le Goût.

théorie, c'est une application prompte et exquise des règles mêmes que l'on ne *connaît* pas.

J.-J. Rousseau.

Le jugement finit où le goût commence.

Diderot. Salons.

Le talent imite la nature, le goût en inspire le choix.

Mme Necker.

« Le génie crée, le talent met en œuvre, le goût met en place.

Grimm.

Le goût est timide à la fois et sévère.... Il défend de confondre les bornes de chaque art, et le génie consiste non pas à éluder, mais à vaincre les obstacles.

Monnard. Discours sur les causes de la décadence du Goût.

Si le génie est la somme de certaines forces naturelles de l'âme qui tendent à se développer, le goût est ce qui maintient parmi ces forces, l'ordre et une belle proportion.

Œuvres choisies du Prince de Ligne.

Qu'est-ce que le goût ? Ne pourrait-on pas dire que c'est un je ne sais quoi qu'on ne peut définir ? Et que de même que le blanc n'est pas une couleur, mais qu'il en est l'absence, le goût est l'absence de tout ce qui est choquant dans tous les genres.

Le goût n'est que la faculté de juger de ce qui plaît ou déplaît au plus grand nombre. Émile.

Le goût discerne les choses qui doivent exciter des sensations agréables. Synonymes.

Le goût est l'art de connaître et de prévoir ce qui peut causer des impressions agréables. Mme de Staël.

Le goût est la source du plaisir que les imitations ou représentations quelconques nous font éprouver ; mais c'est le discernement de l'esprit qui juge de l'exécution, en comparant ensemble l'original et la copie. Blair.

Le goût est une harmonie, un accord de l'esprit et de la raison ; on en a plus ou moins selon que cette *harmonie* est plus juste. D'autres personnes ont cru que le goût était une union du sentiment et de l'esprit, que le sentiment, averti par les objets sensibles, faisait pour ainsi dire son rapport à l'esprit (car tout parle à l'esprit), et Mme de Lambert. Réflexions sur le Goût.

que l'un et l'autre, d'intelligence, formaient le jugement.

Anonyme.

Le goût et l'esprit sont tellement entrelacés qu'il y a toujours plus ou moins d'esprit dans ce qui est de goût, et plus ou moins de goût dans ce qui est d'esprit.

Vauvenargues. De Goût.

Le goût est une aptitude à bien juger des objets et du sentiment.

D'Alembert. Réflexions sur le Goût.

On peut définir le goût, le talent de démêler dans les ouvrages de l'art ce qui doit plaire aux âmes sensibles et ce qui doit les blesser.

Blair. Leçons de rhétorique.

Pour définir le goût, on pourrait le nommer le pouvoir d'être agréablement ému par les beautés de la nature et de l'art.

De Moyria. Essai sur la nécessité du Goût.

Le goût est le sentiment des beautés ou des défauts dans les objets de la nature, comme dans les ouvrages de l'art.

Blair.

Le sentiment du beau produit naturellement le plaisir, et le jugement ou la raison nous fait découvrir comment et pourquoi il le produit.

Le goût n'est autre chose que l'avantage de découvrir avec finesse et avec promptitude la mesure du plaisir que chaque chose doit donner aux hommes.

Montesquieu. Essai sur le Goût.

Le goût est la connaissance de ce qui doit plaire à tous les hommes ou au public d'une certaine nation[1].

Saint-Lambert. Essai sur la vie d'Helvétius.

Le bon goût vient plus du jugement que de l'esprit.

La Rochefoucauld. Réflexion 258.

Un très-bon goût suppose toujours un grand sens ; c'est un adage dont on ne saurait contester la vérité.

Souvenirs de la marquise de Créqui.

On a défini le goût, le sentiment des convenances.

Marmontel. Essai sur le Goût.

Le goût est le sentiment subit et délicat des proportions et des convenances.

Mme de Chastenay.

[1] On acquiert le goût de cette dernière sorte par l'habitude de comparer des jugements. On acquiert le goût de la première sorte, qui est le vrai goût, par la connaissance profonde de l'humanité.

Laharpe, Introduction au Cours de Littérature.

.....Ce mot (goût) en passant du propre au figuré, peut se définir, connaissance du beau et du vrai, sentiment des convenances[1]. Voltaire en a fait une divinité, et l'on sent qu'elle l'inspirait quand il lui a élevé un temple.

Blair.

Le goût est une sorte de pouvoir composé, dans lequel le sentiment est toujours plus ou moins dirigé par les lumières de l'esprit.

Diderot.

Le goût est le sentiment du vrai, du beau, du grand, du sublime, du décent, de l'honnête dans les mœurs, dans les ouvrages d'esprit, dans l'imitation ou l'emploi des productions de la nature. Il tient en partie à la perfection des organes, et se forme par les exemples, la réflexion et les modèles.

Diderot. Salons.

Le sentiment du beau est le résultat d'une longue suite d'observations, quand les a-t-on faites?

[1] Quoiqu'il soit certain que lorsqu'on a du goût, le *sentiment des convenances* s'applique généralement à tout, chacun cependant l'appliquera encore plus particulièrement à ce qui lui est le plus propre. « Le *goût*, dans Sévigné, était le sentiment exquis des convenances *sociales;* le *goût*, dans La Fontaine, était le sentiment profond des convenances *naturelles.* »

MARMONTEL. *Essai sur le Goût.*

En tout temps, à tout instant. Ce sont ces observations qui dispensent de l'analyse. Le goût a prononcé longtemps avant que de connaître le motif de son jugement, il le cherche quelquefois sans le trouver, et cependant il *persiste*[1].

Qu'est-ce donc que le goût ? Une facilité acquise par les expériences réitérées à saisir le vrai ou le bon, avec la circonstance qui le rend beau, et d'en être promptement et vivement touché. Diderot. Essai sur la Peinture.

Si les expériences qui déterminent le jugement sont présentées à la mémoire, on aura le goût éclairé ; si la mémoire en est passée, et qu'il n'en reste que l'impression, on aura le tact, l'instinct.

[1] Il n'y a qu'une seule expression qui plaise à l'homme d'esprit, c'est-à-dire à l'homme de goût, et qui puisse rendre sa pensée ; tant qu'il ne l'a pas rencontrée il n'est pas satisfait.
LABRUYÈRE.

SECTION II

Application des principes du Goût aux objets en général.

Mme de Lambert. Réflexions sur le Goût.

Il y a une justesse de goût, comme il y a une justesse des sens.

La justesse de goût juge de tout ce qui s'appelle agrément, sentiment, bienséance, délicatesse ou fleur de l'esprit (si on ose parler ainsi); c'est je ne sais quoi de sage et d'habile qui connait ce qui convient et qui fait sentir dans chaque chose la mesure qu'il faut garder.

Synonymes pris de l'Encyclopédie.

La différence de ces deux choses (le *bon sens* et le *bon goût*) ne se tient que du côté des objets. On restreint ordinairement le bon sens aux choses plus sensibles; et le bon *goût*, pris dans cette idée, n'est autre chose que le *bon sens raffiné* et *exercé* sur des objets délicats et relevés.

Le *beau*, quelque part qu'il se trouve, n'est que la forme, l'extérieur des choses ; le goût ne s'exerce que sur des surfaces. Duclos.

Pour qu'une chose soit belle et selon les règles du *goût*, il faut qu'elle soit élégante, finie, travaillée sans le paraître. Guizot, Synonymes.

L'affaire du *goût* dans les petites choses, c'est la parure ; dans les grandes, c'est la décence et une noble simplicité. Marmontel. Essai sur le Goût.

Si les poëtes eussent représenté le goût empruntant le flambeau de la vérité ou de la nature, et sacrifiant aux grâces, ils auraient assez bien défini l'espèce de goût qui préside aux ouvrages d'agrément. Mme de Genlis. Petit La Bruyère.

..... Les variétés, les nuances du style et leurs degrés sont inappréciables ; le goût, ce sentiment délicat de ce qui doit plaire ou déplaire, est seul capable de les saisir. Or le goût ne s'enseigne point ; il s'acquiert par l'usage fréquent du monde, par l'étude assidue et méditée du petit nombre des bons écrivains ; encore suppose-t-il une finesse de per- Marmontel. Éléments de Littérature. Art. Poëte.

ception qui n'est pas donnée à tous les hommes. La nature fait l'homme de génie, et commence l'homme de goût.

Mercure CCVIII.

On peut dire du goût qu'il est le génie des petites choses et des détails, comme le génie est le goût de l'ensemble et des grandes pensées.

Chateaubriand. Essai sur la Littérat. anglaise.

Le goût est le bon sens du génie.

N.-L. Lemercier.

Le goût et le génie sont inséparables ; Shakspeare et Corneille ne manquent de goût que lorsque leur génie les abandonne.

Meilhan. Sur le Goût.

C'est principalement dans les choses agréables que le goût s'exerce.

Toutes les matières n'en sont point susceptibles ; je dirai plus, c'est qu'il ne peut être question de goût lorsqu'une composition s'approche du sublime. Le goût est rarement l'apanage du génie et ne lui est même pas nécessaire ; son vol est trop haut, ses conceptions trop vastes. Dans sa plus grande perfection il exige un certain *poli* qui énerve, qui *diminue la substance*. On ne pourrait pas dire, par exemple, que dans une belle tragédie, que dans la scène d'Auguste et de Cinna, Corneille a montré beaucoup de *goût*.... Ce qui se rencontre de répréhensible en ces sortes d'ouvrages ne choque pas le *goût*, mais la *raison*, le *sentiment*, la *vraisemblance*, la *noblesse*, la *décence*, etc. On trouve dans l'Œdipe de Corneille ces vers, qu'on dit souvent être du plus *mauvais goût*, mais improprement :

Malgré les maux affreux qu'étale ici la peste
L'absence aux vrais amants est encor plus funeste.

Ces vers présentent une idée absurde, une fade exagération, et ce n'est pas le goût, mais la raison qu'ils blessent.

Si le bon goût dépose en faveur de celui qui en est doué, c'est que le bon goût est le péristyle du bon sens. Ceux qui font d'une manière permanente preuve de bon goût, il y a cent à parier qu'ils font preuve aussi de bon sens dans la plupart des occasions de la vie. Au contraire, ceux qui manquent de goût sont bien près de manquer de raison. Le bon goût est au bon sens, ce que les premiers bourgeons sont à un arbre entièrement couvert de sa feuillée. Anonyme.

Golowkin.

Le bon goût dans les paroles et les actions, n'est que l'à-propos en permanence, et l'à-propos n'est que le tact mis en action.

Anonyme.

Le goût c'est proprement le tact mis en précepte, comme le tact est le goût appliqué à la vie active, et plus souvent encore à la vie contemplative.

Mlle de Sommery.

Le goût et le tact sont deux avantages différents et tellement distincts, qu'il est fort commun d'avoir l'un sans avoir l'autre. Le goût est le sentiment des beautés ; le tact est celui des convenances. Le premier suppose un esprit fin et délicat ; le second annonce un esprit clairvoyant et sage. L'un nous éclaire par sa justesse ; l'autre nous dirige par sa prudence. Le goût a des perceptions plus séduisantes ; le tact en a de plus solides. Si le premier donne l'avantage de bien dire, le second donne l'aperçu de dire à propos. Le goût s'épure et s'agrandit par la comparaison et la réflexion ; le tact s'augmente et se perfectionne par l'observation et l'expérience. Leurs domaines me semblent différents. Tout ce qui tient à la vie, à la science du monde, à la connaissance des hommes, à l'art de les conduire, de les gouverner, de les employer, de s'en servir, est dans le département du tact. Auteur, je préférerais le goût au tact ; ministre ou négociateur, je préférerais le tact au goût. Dans tous les cas, il serait sans doute plus heureux de réunir l'un et l'autre.

Une idée de goût est simple, elle n'a que ce qui tient purement à l'intelligence. Une idée délicate a non-seulement ce qui tient à l'intelligence, mais de plus elle a ce qui tient au sentiment ou qui en dérive. Une idée de goût, vous ne sauriez vous en dispenser ; une idée délicate, on n'a pas le droit de l'exiger de vous ; aussi les conventions sociales, si arbitraires, ne pouvant rien prescrire à cet égard, même dans les cercles les plus difficiles, tout ici est surprise, tout est inattendu. Anonyme.

CHAPITRE VII

PERFECTION DU GOUT ET MOYEN DE LE FORMER

Le génie ébauche l'homme de la nature, et le goût l'achève.

Guizot. Synonymes.

Le goût a pour objet des choses si délicates, si imperceptibles qu'elles échappent aux règles ; c'est la nature qui le donne ; il ne s'acquiert pas, le monde délicat seulement le perfectionne.

Mme de Saint-Lambert. Réflexions sur le Goût.

Quoiqu'on dise que le goût ne se donne pas, je crois fermement, et je suis autorisé dans cette opinion par des exemples, qu'on peut le faire naître en le cultivant, et finir par le former.

Le Texier. Petit Cours de Littérature.

Guizot. Synonymes.

Le goût, c'est-à-dire son perfectionnement, est l'ouvrage de l'étude et du temps ; il tient à la connaissance d'une multitude de règles établies ou supposées ; il fait produire des beautés qui ne sont que de convention.

Le goût se fortifie par l'habitude, par les réflexions, par l'esprit philosophique, par le commerce des gens de goût.

Keralry.

Le mélange du goût acquis et du goût naturel est le perfectionnement de tous les deux.

Blair.

On peut considérer la perfection du goût comme le résultat d'une sensibilité naturelle pour le beau, réunie au discernement d'un esprit très-cultivé.

Le goût, dans sa plus grande perfection, est incontestablement le produit de la nature et de l'art. Il indique un sentiment naturel du beau, raffiné par la fréquente contemplation des beautés de toute espèce, et dirigé par les lumières d'un esprit sage et juste.

La délicatesse du goût consiste principalement

dans la sensibilité naturelle qui est sa base ou sa source, et toujours accompagnée de la finesse d'organes qui fait apercevoir les beautés que l'œil du vulgaire ne peut jamais atteindre.

La délicatesse du goût fait sentir fortement et avec justesse. Elle aperçoit des nuances et des différences où les autres n'en peuvent point découvrir. Elle distingue les plus légers défauts, et rien ne lui échappe. On peut juger de la délicatesse du goût par les mêmes indices qui font évaluer la délicatesse d'un sens externe : comme ce n'est point sur des choses de haut goût qu'on essaie la finesse du palais, mais sur des mélanges dont il doit distinguer tous les ingrédients, on reconnait aussi la délicatesse du goût interne au discernement vif et sûr de toutes les nuances de l'objet qu'il considère. Blair.

Le goût est le discernement prompt et juste des beautés et des défauts des ouvrages de l'art, et le sentiment exquis et délicieux des charmes de la nature.

La correction du goût consiste principalement

dans les secours que cette faculté tire de sa relation avec l'esprit ou le discernement. Le goût correct ne s'en laisse jamais imposer par l'illusion des beautés fausses. Dans tous ses jugements, le bon sens lui sert de règle. Il sait apprécier le mérite relatif des différentes beautés qu'il rencontre dans les œuvres de génie. Il les classe dans leur rang, il distingue, autant que cela est possible, pourquoi elles ont la faculté de plaire, et il n'en fait enfin que le cas qu'elles méritent.

Mme de Genlis.
Petit La Bruyère.

Le goût n'est point *une seule qualité*, un don particulier de la nature ; le goût est le résultat de la réunion si rare de plusieurs qualités de l'esprit et du cœur, acquises et naturelles. Quand on a de l'esprit, de la finesse, de la sensibilité, de la raison, qu'on sait observer et comparer, et qu'on a beaucoup réfléchi, on a du goût. La lecture, la connaissance de la Cour et du grand monde, la société des artistes célèbres et les voyages, contribuent infiniment à perfectionner le goût.

Marmontel.
Essai sur le Goût.

Trouver en soi, ou dans la nature, la vérité relative à l'effet que se propose l'art, c'est l'invention du génie ; la choisir ou la composer comme le peintre sa couleur et telle que l'art la demande, c'est l'inspiration du goût, et du goût le plus éclairé. Or on sent bien qu'il ne peut l'être ainsi que par une étude assidue et profondément réfléchie, non-seulement de la simple nature, non-seulement de la nature cultivée et modifiée, mais des moyens, des procédés, et des productions de l'art; des tentatives qu'il a faites, des succès qu'il a obtenus, des progrès qu'il peut faire encore.

Le beau une fois saisi devient un objet de comparaison pour le saisir encore, et toujours plus sûrement. Nous en observons mieux les sentiments que nous éprouvons, nous en observons mieux les causes qui les produisent; et nous faisant une habitude de juger du beau d'après les observations qui nous sont familières, nous arrivons enfin à en juger si rapidement que nous croyons ne faire que sentir. Ainsi le goût est un jugement rapide qui, joignant la finesse à la sagacité, se fait comme à notre insu: c'est l'instinct d'un esprit éclairé.

Condillac, Discours de réception à l'Acad. française.

CHAPITRE VIII

GOUT DES CONNAISSEURS

Quoiqu'il n'existe point d'homme privé totalement de cette faculté (le goût), il y a souvent une vaste différence de dose ou de degré parmi ceux qui la possèdent ; chez les uns, à peine quelques lueurs de goût se font-elles sentir ; les beautés qu'ils admirent sont de l'espèce la plus grossière, et leur font une très-légère impression, tandis que d'autres ont dans leur goût un discernement très-vif, et distinguent dans les beautés toutes leurs délicatesses. On peut observer, en général, que l'inégalité est beaucoup plus sensible parmi les hommes pour ce qui concerne la faculté du goût et ses jouissances que pour la raison, le jugement ou le bon sens. Blair.

Guizot.
Synonymes.

Le sentiment exquis des défauts et des beautés dans les arts, constitue le goût.

Œuvres choisies
du
Prince de Ligne.

Peut-on dire : bon ou mauvais goût ? il me semble que non. La dernière épithète implique contradiction, et la première est inutile. Il peut être plus ou moins bon, et il devient meilleur par la comparaison et la réflexion. On ne peut point l'acquérir tout à fait, il y faut la plus grande disposition. Il marche rarement de front sur tous les objets. Voltaire, Frédéric, Catherine n'en avaient qu'en esprit et en manières, et point en peinture et en musique. Eugène et Condé s'entendaient en l'une, et je ne sais pas s'ils s'entendaient à l'autre.

Helvétius.
De l'Esprit.

Le goût pris dans sa signification la plus étendue est, en fait d'ouvrages, la connaissance de ce qui mérite l'estime de tous les hommes. Entre les arts et les sciences il en est sur lesquels le public adopte le sentiment des gens instruits, et ne prononce de lui-même aucun jugement ; telles sont la géométrie, la mécanique et certaines parties de physique ou de peinture. Dans ces sortes d'arts ou de sciences, les seuls gens de goût sont les gens instruits ; et le goût n'est, en ces divers genres, que la connaissance du vraiment beau. Il n'en est pas ainsi de ces ouvrages dont le public est ou se croit juge : tels sont les poëmes, les romans, les tragédies, les discours moraux ou politiques, etc. Dans ces divers genres, on ne doit point entendre par le mot *goût*, la connaissance exacte de ce beau propre à frapper les peuples de tous les siècles et de tous les pays, mais la connaissance plus particulière de ce qui plaît au public d'une certaine nation.

En général, le goût fin et sûr consiste dans le sentiment prompt d'une beauté parmi des défauts et d'un défaut parmi des beautés. Le gourmet est celui qui discernera le mélange de deux vins, qui sentira ce qui domine dans un mets, tandis que les autres convives n'auront qu'un sentiment confus et égaré.

Voltaire Dictionnaire philosophique. Article Goût.

Ne se trompe-t-on pas quand on dit : que c'est un malheur d'avoir le goût trop délicat, d'être trop connaisseur ; qu'alors on est trop choqué des défauts et trop insensible aux beautés ; qu'enfin on perd à être trop difficile ? N'est-il pas vrai au contraire qu'il n'y a véritablement de plaisir que pour les gens de goût ? ils voient, ils entendent, ils sentent ce qui échappe aux hommes moins sensiblement organisés et moins exercés.

Le connaisseur en musique, en peinture, en architecture, en poésie, en médailles, etc., éprouve des sensations que le vulgaire ne soupçonne pas; le plaisir même de découvrir une faute le flatte et lui fait sentir les beautés plus vivement. C'est l'avantage des bonnes vues sur les mauvaises. L'homme de goût a d'autres yeux, d'autres oreilles, un autre tact que l'homme grossier. Il est choqué des draperies mesquines de Raphaël, mais il admire la noble correction de son dessin. Il a le plaisir d'apercevoir que les enfants de Laocoon n'ont nulle proportion avec la taille de leur père; mais tout le groupe le fait frissonner, tandis que d'autres spectateurs sont tranquilles.

Dubos. Réflexions.

Pour acquérir le goût de comparaison qui fait juger du tableau présent par le tableau absent, il faut avoir été nourri dans le sein de la peinture. Il faut principalement, durant la jeunesse, avoir eu des occasions fréquentes de voir, dans une assiette d'esprit tranquille, plusieurs tableaux excellents. La liberté d'esprit n'est guère moins nécessaire pour sentir toute la beauté d'un ouvrage que pour le composer. Pour être bon spectateur, il faut avoir cette tranquillité d'âme qui ne naît pas de l'épuisement, mais de la sérénité de l'imagination.

Personne presque par la disposition de son esprit, de son cœur et de sa fortune, n'est en état de se livrer au plaisir que donne la perfection d'un ouvrage. La Bruyère. Des Ouvrages de l'Esprit.

C'est surtout dans les gens de lettres, c'est même uniquement parmi eux que ces hommes éclairés se rencontrent ; c'est aux personnes seules de l'art qu'il est réservé d'apprécier les vraies beautés d'un ouvrage, et le degré de difficulté vaincue, s'il appartient aux grands d'en porter un jugement sain, ce n'est qu'autant qu'ils seront eux-mêmes gens de lettres dans toute la rigueur. Rarement un simple amateur raisonnera de l'art avec autant de lumières, je ne dis pas, qu'un artiste habile, mais qu'un artiste médiocre. D'Alembert. Essai sur les Gens de Lettres.

Le discernement, chez le commun des hommes, est la faculté par laquelle on distingue le bon du mauvais. Le goût est la faculté par laquelle les esprits délicats distinguent, non-seulement l'excellent A. V. A. De l'Académie de Caen.

du bon, mais ce qu'il y a de plus parfait dans l'excellent même.

L'homme de goût, en fait d'arts et de littérature, est au commun des hommes ce qu'à table le gourmet est au gourmand. L'un choisit ses morceaux tandis que l'autre se rassasie indifféremment du premier mets qui tombe sous sa main ; l'un goûte, l'autre avale.

Moins sobre que délicat, le gourmet s'enivre quelquefois des liqueurs exquises qu'il rencontre ; mais son délire, en cet état, participe de la noblesse du nectar qui l'a causé, et n'a jamais ressemblé à cette déraison brutale produite par les fumées d'un vin plat et grossier. Ainsi en est-il de l'enthousiasme de l'homme de goût.

Le goût nous est donné par la nature, mais il est perfectionné par l'étude. Ce sentiment qui détermine nos préférences, et qui est supérieur à la raison même, ne serait qu'un instinct vague s'il n'était guidé et fortifié par l'habitude de comparer les objets, de saisir les rapports sous lesquels ils se ressemblent ou diffèrent ; il faut avoir comparé pour avoir le droit de préférer. L'étude recueille, le goût choisit ce qu'il faut conserver.

J'ai dit que le goût était supérieur à la raison,

et ce n'est point un paradoxe. Que d'objets également bons aux yeux de la raison sont éloignés d'avoir le même mérite aux yeux du goût. Point de goût sans raison ; mais que d'hommes raisonnables sans goût !

Point de goût sans esprit non plus ; mais que d'hommes d'esprit sans goût, et qui, d'après cela ont eu de l'esprit moins pour leur profit que pour celui d'autrui. Ce sont des ouvriers qui ont été chercher dans la mine l'or que les artistes épureront et mettront en œuvre. Je n'en veux pour exemple que Ronsard, Scarron, le père Lemoine et Rabelais, l'inépuisable Rabelais, qui ne sont guère lus que par des auteurs qui les pillent.

Tout le monde a son goût ; mais le bon goût est rarement de tout le monde. Ce goût qui n'est souvent que celui d'un seul homme est quelquefois réputé pour mauvais ; mais il finit, tôt ou tard, par prévaloir, parce que tel est le droit de tout ce qui est raisonnable.

Boileau avait eu le mauvais goût de reconnaître la sublimité d'Athalie, méconnue par le bon goût de la cour de Louis XIV. La France entière est aujourd'hui du goût de Boileau.

La raison a inventé les procédés de la démonstration, et l'esprit les ornements dont on peut les revêtir ; la raison a créé la dialectique, et l'esprit l'éloquence ; la raison a imaginé les annales où l'histoire recueille les actions des grands hommes, et l'esprit les formes qui élèvent le style de l'historien à la hauteur de son sujet, l'art de cadencer la prose, l'art de moduler les vers, la poésie enfin, dont le plus beau privilége est d'immortaliser les héros ; mais tout cela ne suffit pas sans l'intervention du goût qui, entre tant de formes, et tant de tons divers, peut seul reconnaître ce qu'il faut préférer. La raison est l'artisan qui construit la charpente de l'édifice ; l'esprit est l'artiste qui le décore ; le goût est l'architecte juge de la convenance des accessoires dont l'esprit embellit les travaux de la raison.

L'esprit, la raison et le goût exercent leur influence sur tous les arts ; vous la retrouverez dans l'exécution d'un tableau ou d'une statue, dans la construction d'un temple ou d'un palais, comme dans la confection d'un ouvrage de littérature ou de poésie.

Le peintre dont la raison seule conduira le crayon, se bornera à une imitation exacte de la nature étudiée sous son aspect le plus facile ; son tableau sera correct et froid. Le peintre chez qui l'esprit domine, avide au contraire de difficultés, croira ne pas pouvoir trop animer sa toile; des attitudes bizarres, une expression exagérée seront souvent le résultat des efforts de son pinceau; tandis que les productions de l'homme de goût, corrects sans roideur, simples sans stérilité, animées sans exagération, ingénieuses sans bizarrerie, nous offriront la perfection à laquelle on ne parvient pas sans esprit et sans raison, mais à laquelle l'esprit et la raison isolés et même réunis ne donnent pas le droit d'atteindre, puisque le génie sans goût n'y atteint pas lui-même.

C'est l'esprit qui a prêté ces divers ornements, ces formes variées aux colonnes qui soutiennent nos édifices; elles n'étaient dans l'origine que des arbres ébranchés, ou des piliers formés de pierres placées sans recherche les unes sur les autres. La raison n'avait songé qu'à la solidité, l'esprit s'occupa de l'embellissement, emprunta à l'acanthe la grâce et la souplesse des feuillages qui embrassent le chapiteau corinthien, au front du bélier ces volutes élégantes qui enrichissent l'ordre ionique. Vint ensuite le goût, qui fit son choix entre les diverses inventions de l'esprit et assigna à chaque ordre un emploi particulier, réserva le corinthien pour les temples et les palais ; le dorique et l'ionique pour les édifices qui exigeaient moins de magnificence ; et l'ordre de Pestum, ainsi que l'ordre toscan, pour les constructions qui doivent porter le caractère de la gravité et de la solidité.

Le goût exerce sa critique sur les ouvrages de l'esprit et non sur ceux de la raison. Cette assertion, qui semble hasardée, paraîtra juste si l'on veut songer que la raison est cette faculté par laquelle notre intelligence place les choses dans l'ordre le plus utile au but qu'on se propose. Quand les choses ne sont pas dans cet ordre, il est clair que la raison n'a pas présidé à leur arrangement ; c'est elle alors qui remet les choses en leur place, qui rectifie les fautes faites en son absence, qui exerce sur les ouvrages de la sottise ou de la folie la censure que le goût exerce sur les ouvrages de l'esprit : elle prend alors le nom de *bon sens*, qualité qui dans ce bas monde n'est guère plus commune que le bon goût.

Les fautes que le *bon sens* rectifie prouvent donc l'absence de la raison. Celles que redresse le bon goût ne prouvent pas l'absence, mais l'erreur de l'esprit. Les conceptions du Dante, de Michel-Ange et d'Homère lui-même, ne sont pas toujours à l'abri de ces reproches qui portent sur les défauts de l'esprit, et non sur le défaut d'esprit; et ce mot esprit est ici synonyme de génie.

Le goût, en littérature, consiste dans le choix des mots, comme dans le choix des idées, il consiste à trouver et ce qu'il y a de mieux à dire, et la meilleure manière de le dire. Comme il *n'y a pas de bon goût sans bon sens*, l'homme de goût réprouve toute idée fausse et tout ornement impropre.

Il déteste la recherche tout autant que la négligence. Ce qui lui plaît surtout, c'est le naturel, c'est la facilité, qui est aux ouvrages d'esprit ce que la grâce est à la beauté.

Les ouvrages sans goût ne lui déplaisent pas moins que les ouvrages de mauvais goût, et peut-être, tout bien examiné, l'insipidité de Pradon lui répugne-t-elle plus encore que l'extravagance de Cyrano-Bergerac.

De même est-il quelquefois plus sensible à l'uniformité de la perfection même dans le genre modéré, qu'à ces éclairs d'un génie inégal qui, si fréquents qu'ils soient, sont séparés par des intervalles de clarté moins vive, ou d'obscurité absolue. Cela explique la préférence donnée par d'excellents esprits à Racine sur Corneille, qui est presque toujours plus bas que son rival quand il n'est pas plus haut.

Il ne faut pas confondre l'homme de goût avec l'homme *dégoûté*, comme cela arrive trop souvent. Il y a entre l'un et l'autre la différence d'un homme doué de délicatesse à un homme privé de sensibilité. Le dédain dans l'un est qualité ; il est vice dans l'autre. L'homme qui ne trouve de goût à rien, ne doit s'en prendre qu'à lui-même. Il n'est pas étonnant que les objets soient sans saveur pour des organes dénués d'irritabilité, pour un palais qui se refuse à toutes sensations. L'opinion de cette espèce de juges ne peut donc pas compter. Ce sont des sourds qui nient la puissance de la musique ; des aveugles qui contestent les prodiges de la peinture. Champfort disait, aussi ingénieusement que plaisamment, en parlant d'un homme de ce genre : *Le goût de cet homme est du dégoût.*

Le goût existe pour les arts mécaniques comme pour les arts libéraux. Dans toutes les professions, il y a toujours une forme plus agréable à donner aux choses, et c'est le goût qui la trouve. Il préside à la disposition d'un chiffon comme à l'ordonnance d'un poëme ; à la coupe d'un *frac*, comme à la disposition du plan d'une tragédie ; mais ne soyez pas dupe des mots ; et quoique Delille le poëte, et Le Roi le modiste, soient tous les deux des gens de goût, ne permettez pas à votre admiration de les placer sur la même ligne.

Les observations sur le goût pourraient au besoin être appuyées de quelques exemples, témoin les suivants : Biographie. Article Tourreil.

Tourreil, ayant remporté, en 1681 et 1683, deux prix d'éloquence proposés par l'Académie française, se crut assez fort pour entreprendre une traduction de Démosthènes. Il publia, en 1691, à Paris, in-8°, une version française de la première Philippique, des trois Olynthiennes, et de la Harangue sur la paix. Les juges les plus éclairés trouvèrent qu'il avait paraphrasé, et plus énervé qu'embelli l'orateur grec. « Le bourreau ! s'écriait Racine, il fera tant qu'il donnera de l'esprit à Démosthènes. » D'Olivet rapporte une conversation où Boileau disait : Tourreil n'est pas un sot, à beaucoup près, et cependant quel monstre que son Démosthènes! je dis monstre, parce qu'en effet c'est un monstre qu'un homme démesurément grand et bouffi.

Jardins de Delille. Chant I.

Delille fournit encore un exemple remarquable de bon goût :

« La sagesse autrefois habitait les Jardins,
Et d'un air plus riant instruisait les humains,
Et quand les dieux offraient un Élysée aux sages,
Étaient-ce des palais? c'étaient de verts bocages;
C'étaient des prés fleuris, séjour des doux loisirs,
Où d'une longue paix ils goûtaient les plaisirs. »

C'est dans le dernier de ces vers où l'épithète *longue* fait le plus heureux effet. Si la structure du vers eût permis de dire :

« Où d'une *éternelle* paix ils goûtaient les plaisirs. »

Le charme était détruit; on n'eût point félicité ces bienheureux d'une éternelle paix, mais on peut leur envier une paix qu'on aime à supposer *longue* et délicieuse.

Biograph. Univers. Art. Favart.

Il est bien juste dans un chapitre sur le goût des connaisseurs, c'est-à-dire de ceux qui en montrent le plus, de consacrer un hommage de reconnaissance à la mémoire de deux actrices célèbres, Mesdames Clairon et Favart, dont le bon goût devança celui du public. Toutes deux opérèrent la réforme la plus judicieuse dans le costume des rôles qu'elles étaient habituées à remplir. Ce fut une véritable révolution qui n'eut pas lieu sans quelques efforts de leur part pour en assurer le succès. La première fois qu'elles parurent dans le costume simple et naturel adopté de nos jours, le parterre fit entendre un léger murmure de désapprobation, mais son propre bon goût mieux éclairé le lui fit bientôt réprimer. Dès ce moment la victoire fut complète, car l'approbation universelle la sanctionna.

On a quelque peine à croire, de nos jours, que Phèdre, Andromaque, Clytemnestre, paraissaient en vertugadin ou grand panier, le jupon couvert d'un triple rang de falbalas ; on croit même qu'elles avaient l'éventail, et que ce n'était qu'après s'être éventée avec véhémence que Clytemnestre apostrophait Agamemnon :

« Vous ne démentez point une race funeste.
« Oui, vous êtes le sang d'Atrée et de Thyeste.

« Bourreau de votre fille, il ne vous reste enfin
« Que d'en faire à sa mère un horrible festin.
« Barbare ! c'est donc là cet heureux sacrifice
« Que vos soins préparaient avec tant d'artifice !
« Quoi ! l'horreur de souscrire à cet ordre inhumain
« N'a pas, en le traçant, arrêté votre main ! »

Iphigénie, Acte IV, scène IV.

A quoi Baron, roi d'Argos, la tête affublée d'une immense perruque[1], surmontée d'un petit chapeau couvert de plumes de différentes couleurs répliquait :

A de moindres fureurs, je n'ai pas dû m'attendre.
Voilà, voilà les cris que je craignais d'entendre.
Heureux, si dans le trouble où flottent mes esprits,
Je n'avais toutefois à craindre que ces cris.
Hélas ! en m'inspirant une loi si sévère,
Grands Dieux ! me deviez-vous laisser un cœur de père ?

Iphigénie, Acte IV, scène V.

Ce qui n'est pas un moindre sujet de surprise que la barbarie de ces monstrueux accoutrements[2],

[1] La nombreuse collection de portraits d'hommes illustres et de femmes célèbres, gravée par Desrochers, a reproduit entre autres celui de Baron ; il y est représenté dans son rôle d'Agamemnon, et précisément costumé comme on vient de voir.

[2] A propos de la bizarrerie inconcevable du costume de

c'est l'idée que des spectateurs parmi lesquels on comptait l'élite de la cour et de la ville, des Montespan, des Sévigné, des La Fayette, des Boileau, des Guilleragues, des Racine, tous très-difficiles sur le point des convenances, aient pu supporter la vue de costumes qui détruisaient à la fois toute vérité historique et de tradition.

Enfin on n'en finirait pas de ces extravagances théâtrales si heureusement réprimées.

Ce qui vient d'être dit de Mlle Clairon peut se

l'ancien théâtre français, Talma a aussi fait ses observations et voici comme il s'exprime :

..... « Je me rappelle très-bien que dans mes jeunes années, en lisant l'histoire, mon imagination ne se représentait jamais les princes et les héros que comme je les avais vus au théâtre. Je me figurais Bayard élégamment vêtu d'un habit couleur de chamois, sans barbe, poudré, frisé comme un petit-maître du dix-huitième siècle. Je voyais César serré dans un bel habit de satin blanc, la chevelure flottante et réunie sous des nœuds de rubans. Si parfois l'acteur rapprochait son costume des vêtements antiques, il en faisait disparaître la simplicité sous une profusion de broderies ridicules, et je croyais les tissus de velours et de soie aussi communs à Athènes et à Rome qu'à Paris ou à Londres. Lekain ne parvint à faire disparaître qu'en partie le ridicule des vêtements que l'on portait alors au théâtre, sans pouvoir établir ceux qu'on devait y porter. A cette époque, cette sorte de science était tout à fait ignorée même des peintres.

répéter en peu de mots, au sujet de Mme Favart.

« Ce fut Mme Favart qui la première osa sacrifier l'éclat de la parure à l'exacte observation du costume. Avant elle les soubrettes et les paysannes paraissaient sur la scène avec de grands paniers, la tête chargée de diamants, et gantées jusqu'au coude. Dans *Bartienne*, elle parut avec un habit de laine *rayé*, une chevelure plate, une croix d'or, les bras nus et des sabots, en un mot exactement telle qu'une simple villageoise. Cette nouveauté, approuvée par les uns, fut vivement critiquée par les autres ; mais l'abbé de Voisenon ayant dit que : « ces sabots-là vaudraient de bons souliers aux comédiens, » la publicité donnée à ce prétendu bon mot, acheva l'utile révolution que l'actrice avait commencée. »

Biograph. Univers. Art. Noverre.

Non-seulement Mlle Clairon et Mme Favart opérèrent une réforme complète dans le costume tragique et comique, en bannissant de la scène tout ce qui avait été conservé jusqu'alors d'hétérogène, et qui consistait dans l'admission des modes du jour appliquées aux représentations théâtrales. Le célèbre dessinateur de ballets, Noverre, eut le même succès que Mmes Favart et Clairon, succès toutefois qu'il n'obtint pas sans éprouver des contrariétés sans nombre, j'entends de faire supprimer dans les ballets, les *tonnelets* et les *énormes paniers* qui embarrassaient la scène et qui ôtaient toute illusion par le contraste choquant entre le personnage représenté et son habillement. Ce contraste surtout était devenu aussi impossible qu'absurde, depuis que le chorégraphe eut donné, aux personnages de ses ballets, toute la vérité et l'importance de ceux de l'opéra et de la comédie. Par ce service, où le bon goût eut tant à se féliciter, Noverre se plaça pour ainsi dire à côté des grands réformateurs du vaudeville, de l'opéra et de la scène française.

CHAPITRE IX

QUE LE GOUT SE RENCONTRE PLUS FRÉQUEMMENT CHEZ LES GENS DU MONDE ET A LA COUR.

Condillac. Sur l'Origine des connaissances humaines.

Le goût est une manière de sentir si heureuse qu'on aperçoit le prix des choses sans le secours de la réflexion, ou plutôt sans se servir d'aucune règle pour en juger. Il est l'effet d'une imagination qui, ayant été exercée de bonne heure sur des objets choisis, les conserve toujours présents et s'en fait naturellement des modèles de comparaison. C'est pourquoi le bon goût est ordinairement le partage des gens du monde.

Voltaire. Discours philosophique. Article Goût.

Le goût est inconnu aux familles bourgeoises, où l'on est continuellement occupé du soin de sa fortune, des détails domestiques et d'une grossière oisiveté, amusée par une partie de jeu. Toutes les places qui tiennent à la judicature, à la finance, au commerce ferment la porte aux beaux-arts. C'est la honte de l'esprit humain que le goût, pour l'ordinaire, ne s'introduise que chez l'oisiveté opulente. J'ai connu un commis des bureaux de Versailles, né avec beaucoup d'esprit, qui disait : « Je suis bien malheureux, je n'ai pas le temps d'avoir du goût. »

La Bruyère, Chap. des Grands.

Les princes, sans autre science ni autre règle, ont un goût de comparaison ; ils sont nés et élevés au milieu et comme dans le centre des meilleures choses, à quoi ils rapportent ce qu'ils lisent, ce qu'ils voient et ce qu'ils entendent. Tout ce qui s'éloigne trop de Lully, de Racine et de Le Brun est condamné.

Duclos, Considérations.

Le prince et un petit nombre d'hommes peuvent être nés avec un goût naturel pour le beau, auquel l'habitude d'en être frappés, la facilité de s'en procurer les modèles, les rendra sensibles. Ils peuvent exciter, récompenser, encourager les talents ; mais ils ne peuvent ni ne doivent en faire une étude qui nuirait à des devoirs essentiels. « N'as-tu pas honte, disait un jour Philippe à Alexandre, de chanter si bien? »

Ce fut une leçon de goût du même genre que Louis XIV voulut bien prendre indirectement de Racine. On sait l'impression que firent sur le roi quelques vers de *Britannicus*. Lorsque Narcisse rapporte à Néron les discours qu'on tient contre lui, il lui fait entendre qu'on raille son ardeur à briller par des talents qui ne doivent point être les talents d'un empereur :

Tableau des Littérateurs français.

> Il excelle à conduire un char dans la carrière,
> A disputer des prix indignes de ses mains,
> A se donner lui-même en spectacle aux Romains,
> A venir prodiguer sa voix sur un théâtre.

Ces vers frappèrent le jeune monarque, qui avait dansé quelquefois dans les ballets, et quoiqu'il dansât avec beaucoup de noblesse, il s'en abstint, reconnaissant qu'un roi ne doit point se donner en spectacle.

Il est apparent que le poëte, dans cette tirade, n'a pas même songé au prince, car, en ce cas, une raison de goût, de bonne convenance et de respect pour le souverain, eût été de supprimer la poésie.

Molière. Critique de l'École des Femmes. Scène VII.

Du simple bon sens naturel et du commerce de tout le beau monde, on se fait à la cour une manière d'esprit, qui, sans comparaison, juge plus finement des choses que tout le savoir enrouillé des pédants.

Considérations sur l'Esprit et les Mœurs, par Sénac de Meilhan.

Les courtisans ne sont pas les hommes les plus éclairés d'une nation, et ce sont ceux qui jugent le plus promptement du mérite. L'habitude de juger et l'intérêt vivement excité leur donnent une supériorité, une finesse de tact qui les induit rarement en erreur. La rapidité de leur aperçu est extrême ; ils tirent de choses indifférentes en apparence des conséquences importantes. Le geste, le maintien, tout ce qui peut déceler un homme est soumis à leur observation, qui n'est point raisonnée, qui est un instinct, et n'en est que plus sûre.

Esprit des Lois, Liv. IV, chap. II. De l'éducation dans les monarchies.

On trouve à la cour une délicatesse de goût en toutes choses, qui vient d'un usage continuel de superfluités, d'une grande fortune, de la variété et surtout de la lassitude des plaisirs, de la multiplicité, de la confusion même des fantaisies, qui, lorsqu'elles sont agréables, y sont toujours reçues.

Aux convenances universelles qui seraient des règles constantes, les institutions sociales, la coutume, l'opinion, la fantaisie en ont mêlé d'artificielles et de changeantes comme leurs causes; et c'est à l'égard de celles-ci que le *goût* n'ayant plus de type *inaltérable* est devenu lui-même *variable* et *divers*. Marmontel. Essai sur le Goût.

Les idées de bienséance, de noblesse, de dignité, de politesse, d'élégance, d'agrément, de délicatesse, enfin tous les raffinements de l'art de plaire et de jouir, étant venus successivement, et puis en foule, solliciter l'attention du *goût*, il en a été comme étourdi; et au milieu de cette multitude de lois nouvelles et fantasques, il s'est trouvé comme un jurisconsulte que ses études mêmes et son habileté rendent encore plus incertain et plus irrésolu dans ses opinions.

A mesure donc que l'art de plaire est devenu plus compliqué, le *goût*, qui en est le juge, le conseil et le guide, a dû être plus indécis.

Après avoir parlé de la simplicité des goûts grecs Marmontel. Essai sur le Goût.

qu'il fallait attribuer à la simplicité des mœurs, l'auteur ajoute :

......Qu'on veuille donc faire attention à cette foule de nouvelles idées, de nouveaux sentiments, de manières nouvelles, de bienséances multipliées, qu'ont dû introduire dans nos mœurs le commerce des femmes, la galanterie, le point d'honneur, le manége des cours ; à ces raffinements dans l'art de flatter et de feindre, de taire ce qu'on veut faire entendre, de voiler à demi ce qu'on veut laisser entrevoir, de dire et de ne dire pas ; à toutes ces lois de décence, de ménagements et d'égards qu'impose une société où les deux sexes vivent ensemble, où l'inégalité des conditions et des rangs doit se laisser sentir, sans que la vanité ait à se plaindre de l'orgueil ; où la pudeur, l'innocence même admise aux plaisirs de l'esprit, n'y doit rien trouver qui la blesse ; on ne sera plus étonné que l'opinion, la coutume, l'exemple, et plus que tout, la métaphysique de l'amour et de l'amour-propre, ayant successivement et diversement associé aux convenances immuables de la nature une foule de convenances accidentelles et factices, qu'il a fallu sentir, démêler, observer, la théorie du goût soit devenue si compliquée, si savante et enfin si problématique.

De là (du désir de plaire au sexe) tous ces ménagements, toutes ces adresses de style, toutes ces expressions vagues ou détournées, ces demi-jours, ces demi-teintes, en un mot ces délicatesses et ces finesses de langage qui rendent aujourd'hui si difficile l'art d'écrire avec *goût* les choses de pur agrément. Et combien cet art d'éluder, de voiler, de dissimuler, de rendre l'expression timide et modeste, lors même que la pensée ne l'est pas, combien cet art a dû se raffiner dans une langue où la galanterie et l'amour ont été si subtilement et si savamment analysés ! De combien de nuances devait être assortie la palette d'un peintre comme Racine pour exprimer le caractère de Phèdre, de manière que d'honnêtes femmes pussent l'admirer sans rougir ! Ainsi le désir de leur plaire, le devoir de les ménager, l'avantage que la nature leur a donné sur nous, pour la finesse des organes et l'extrême délicatesse de perception dans les détails, enfin un droit acquis, et assez légitime, de juger les arts d'agrément, une influence continuelle sur l'esprit de société, et un empire presque absolu sur l'opinion et l'usage, ont érigé les femmes en arbitres du *goût*, et il leur doit en même temps ses finesses les plus exquises, sa mobilité perpétuelle, et son excessive timidité.

Marmontel. Essai sur le Goût.

Tressan. Application des lois du Goût à l'esprit de société.

Le goût est à la société ce que la rosée du matin est aux fleurs ; elle les fait croître, elle les anime, elle les embellit.

Mme de Staël. De l'Allemagne. Ch. XIV. Du Goût.

Le goût est en littérature comme le bon ton en société ; on le considère comme une preuve de la fortune, de la naissance, ou du moins des habitudes qui tiennent à tous les deux.

Diction. philos. Esprit.

Le bon goût est pour nous en littérature ce qu'il est pour les femmes en ajustements.

Rousseau. Emile.

. . . .

Il faut perfectionner par leurs soins l'instrument qui juge, en évitant de l'employer comme eux, en supposant que les gens du monde et la cour ne font usage de cette faculté qu'en l'employant à des objets futiles.

Après ces données générales, il ne sera pas hors de sa place de risquer ici quelques exemples particuliers, qui sous ce rapport réunissent tous les genres de mérite, de goût, que les précédentes citations semblent avoir indiqués comme modèles.

Le goût s'allie à tout. La bonhomie, l'effusion du cœur ne l'exclut point. Il s'allie naturellement à la grâce et à la finesse, et l'étonnement, même le saisissement s'en accommode ou le réclame.

Un mot d'Alexandre plein de grâce et de goût est celui qu'il adressa à Sisygambis, mère de Darius. Cette princesse, au moment où le vainqueur entrait dans la tente du prince vaincu, entouré de ses femmes et de ses enfants, se jeta aux pieds d'Éphestion, et voulut embrasser ses genoux. Sur quoi, pour la tirer d'erreur, sans trop lui faire sentir sa méprise, Alexandre lui dit : « Vous ne vous trompez point, ma mère, celui-ci est un autre Alexandre. »

Entre autres qualités de l'esprit, on sait que Louis XIV excellait par la justesse de son goût et la finesse de son tact. Le roi, en passant dans sa

D'Alembert. Éloge de Charpentier.

galerie, vit au-dessous des belles peintures de Le Brun les inscriptions emphatiques que l'académicien Charpentier s'était avisé d'y faire placer : *l'incroyable passage du Rhin* ; *la prise miraculeuse de Valenciennes*, etc. Il sentit que ces expressions sans faste, *le passage du Rhin*, *la prise de Valenciennes*, étaient d'un style bien plus noble ; et il fit effacer les épithètes de l'homme de lettres à qui il donna, dans cette occasion, une leçon utile de bon goût, en échange de son enthousiasme et de ses éloges.

D'Alembert. Éloge de Boileau.

Le prince de Condé donna encore un exemple de goût remarquable, en soutenant, contre l'avis de Boileau même, que *sa fable des plaideurs* était comme déplacée dans sa première épître au Roi. Boileau, après avoir respectueusement résisté, se rendit enfin, et supprima cet endroit. Il était en effet très-inconvenant de songer à régaler des plaideurs, au moment même qu'on venait d'avoir l'honneur de s'adresser au roi. Et si Horace avait pris de ces petites libertés-là, à l'égard d'Auguste, cela pouvait être bon dans un siècle d'Auguste qui, bien que l'égal, peut-être même le supérieur de Louis XIV, était très-fort son inférieur par rapport à la civilisation et à la délicatesse des convenances.

Quelquefois les hommes du plus grand génie et du jugement le plus sûr, ont à contre-temps des entrailles de père pour des productions qui ont du mérite, mais qui, à l'endroit que l'auteur leur avait destiné, eussent peut-être été un manque de goût.

L'intention de Montesquieu était de placer à la tête du second volume de l'*Esprit des Lois*, une Invocation aux Muses; il l'avait même déjà envoyée à Jacob Vernet, ministre de l'Église de Genève, qui s'était chargé de revoir les épreuves de l'ouvrage.

Vernet trouva le morceau charmant, mais déplacé dans l'*Esprit des Lois*, il pria Montesquieu de le supprimer.

L'auteur n'y consentit pas d'abord; il répondit : « A l'égard de l'Invocation aux Muses, elle a contre « elle que c'est une chose singulière dans cet ou- « vrage, et qu'on n'a point encore faite; mais « quand une chose singulière est bonne en elle- « même, il ne faut pas la rejeter pour la singula- « rité, qui devient elle-même une raison de succès; « et il n'y a point d'ouvrage où il faille plus songer « à délasser le lecteur que dans celui-ci, à cause « de la longueur et de la pesanteur des matières. »

Cependant, quinze jours après, Montesquieu changea d'opinion, et il écrivit à son éditeur : « J'ai été longtemps incertain, Monsieur, au sujet « de l'Invocation, entre un de mes amis qui vou- « lait qu'on la laissât, et vous qui vouliez qu'on « l'ôtât. Je me range à votre avis, et bien ferme- « ment, et vous prie de ne la pas mettre. »

En effet, il ne fallait pas là de délassement ni d'amusement.

Biograph. Univer. Art. Mignard.

Un mot charmant, plein de finesse et surtout de goût, sous le rapport de la flatterie, c'est celui de Mignard à Louis XIV. La dernière fois qu'il eut l'honneur de peindre le roi, Louis XIV lui dit : « Vous me trouvez vieilli? — Il est vrai, Sire, répondit Mignard, que je vois quelques campagnes de plus sur le front de Votre Majesté. »

Un jour que Louis XIV était dans la maison du duc de Liancourt, ce seigneur présenta le père Desmares au roi. Le vieillard dit à ce monarque, avec un ton de candeur et de liberté : « Sire! je vous demande une grâce. — Demandez, répondit Louis XIV, et je vous l'accorderai. — Sire, répondit l'oratorien, permettez-moi de prendre mes lunettes afin que je considère le visage de mon roi. » Ce compliment fit tant de plaisir à Louis XIV qu'il avoua, à ceux qui étaient autour de lui, qu'il n'en avait jamais entendu de plus agréable.

Un mot plein de grâce encore et de goût est celui de l'archevêque de Cambrai, prédécesseur de Fénelon. Le roi se trouvant avec l'armée, un quartier-maître qui distribuait les logements avait tracé étourdiment, avec sa craie, sur un des appartements de l'archevêque, le nom de Mme de Montespan qui accompagnait le roi. L'archevêque arrive, voit ce nom, serre les lèvres, et plus pétulant que judicieux à faire sa cour, fait sans autre effacer le nom. Le roi le sut et se fâcha..... « Sire! répond l'archevêque baissant les yeux, en faisant effacer ce nom, je savais que j'avais contre moi le plus bel homme de votre royaume; mais j'ai compté aussi que j'aurais pour moi le fils aîné de l'Église. » Ce mélange piquant et heureux d'éloge et de critique, de blâme et d'encouragement plut au roi, qui sourit, et Mme de Montespan fut logée en lieu un peu moins saint. On prétend encore que Mme de Montespan eut assez de goût pour ne point garder rancune au prélat, mais assez de reconnaissance pour faire avancer le quartier-maître.

Tableau des Littérateurs français.

L'élégant Fléchier était fils d'un fabricant de chandelles. Un prélat de cour, tout fier de sa naissance, fit sentir à l'évêque de Nîmes qu'il était fort surpris qu'on l'eût tiré de la boutique de ses parents pour le placer sur le siége épiscopal. Fléchier, sortant à regret de sa simplicité ordinaire, dit à son confrère : « Avec cette manière de penser, je crains bien que, si vous étiez né ce que je suis, vous n'eussiez fait que des chandelles. »

Vie de Beaumarchais.

Un homme de la cour voyant passer Beaumarchais, avec un très-bel habit, dans la galerie de Versailles, s'approcha de lui. « Ah ! M. de Beaumarchais, je vous rencontre à propos ; ma montre est dérangée, faites-moi le plaisir d'y donner un coup d'œil. — Volontiers, Monsieur, mais je vous préviens que j'ai toujours eu la main extrêmement maladroite. » On insiste, il prend la montre, et la laisse tomber. — « Ah ! Monsieur, que je vous demande d'excuses ! mais je vous l'avais bien dit, et c'est vous qui l'avez voulu. » Et il s'éloigna, en laissant fort déconcerté celui qui avait cru l'humilier.

Au moment où la dispute entre Despréaux et Perrault était dans toute sa vivacité, on demanda à Mme de Sévigné ce qu'elle en pensait : « Les anciens, dit-elle, sont plus beaux, mais nous sommes plus jolis [1]. » Tableau des Littérateurs français.

La duchesse de Biron, alors Mme de Lauzun, avait donné à Mme la maréchale de Luxembourg, pour ses étrennes, les portraits de La Fontaine et de Molière, deux de ses auteurs favoris. Quel est le plus grand des deux? lui demanda-t-on. « Celui-ci, répondit-elle sans balancer, en montrant La Fontaine, est plus parfait dans un genre moins parfait. » Académiciens, écrivains consommés, évertuez-vous à faire des parallèles, à découvrir des nuances, des traits distinctifs, à assigner la Levis. Souvenirs et Portraits.

[1] Je ne trouve rien de comparable à ce mot que celui de la reine de Pologne. On agitait un jour devant la reine de Pologne, épouse du roi Stanislas, qui, de Bossuet ou de Fénelon, avait rendu à la religion de plus grands services? « L'un la prouve, dit cette princesse, mais l'autre la fait aimer. »

mesure comparative des talents et de l'esprit ; une femme sans lettres vous efface en se jouant [1].

Œuvres choisies du Prince de Ligne.

Mme Geoffrin exerçait une espèce de police pour le goût, comme la maréchale de Luxembourg pour le ton et l'usage du monde. Elle avait interrompu plusieurs fois le conteur d'une histoire peu piquante. Pour l'arrêter tout à fait, elle le pria de couper une poularde, et voyant qu'il tirait de sa poche un petit couteau, elle lui dit : « Monsieur, pour réussir dans ce pays-ci, il faut de grands couteaux et de petites histoires. »

Meilhan. Portraits et caractères sur le Goût.

On peut citer comme une chose du meilleur goût, ce que répondit le comte d'Argenson à des personnes qui le félicitaient d'avoir une nièce aussi aimable que Mlle de Berville, jeune fille de quatorze ans, qui joignait à la plus jolie figure un esprit plein de vivacité. « Oui, répondit ce ministre, *nous espérons bien qu'elle nous donnera du chagrin.* » Rien n'est plus fin, plus spirituel que l'emploi de ces mots *espérons* et *chagrin*, et rien de plus judi-

[1] L'intuition, chez les femmes, est la connaissance immédiate des choses de l'esprit. VINET.

cieux; car les avantages de la figure et ceux de l'esprit, dans une personne jeune et vive, devaient probablement servir à l'égarer et à donner des chagrins à ses parents. Une nation qui s'applaudirait d'avoir un jeune souverain brûlant de l'amour de la gloire, impatient de signaler sa valeur et aspirant à être compté un jour parmi les héros, pourrait dire : espérons bien qu'il nous donnera du chagrin, c'est-à-dire que ces brillantes qualités, que nous admirons, entraîneront des guerres qui ruineront l'État. Il faut avoir du goût pour démêler ce que cette tournure a de grâce et de finesse, et la vérité qu'elle renferme.

Lorsque l'impératrice Marie-Thérèse présenta les archiduchesses ses filles, à Mme Geoffrin, en 1766, à son passage à Vienne[1], celle-ci lui dit : « Votre Majesté honore bien la vieillesse ! » Ce mot était de bien bon goût dans cette circonstance, puisqu'il semble mettre sur le compte de l'âge une marque de distinction tellement grande qu'il eût été difficile d'en témoigner de la reconnais-

[1] Elle se rendait à Varsovie auprès du roi de Pologne.

sance sans tomber dans l'avilissement. Le tour de Mme Geoffrin sauvait tout.

La princesse de Soubise ayant écrit à Mme de Maintenon et signé *avec respect*, la marquise termina sa réponse par cette phrase : « A l'égard du *respect*, qu'il n'en soit point question entre nous, vous n'en pourriez devoir qu'à mon âge, et vous êtes trop polie pour me le rappeler. » On a cité cette réponse comme un trait d'adresse qui laissait indécis le grand point de l'état véritable de Mme de Maintenon, si elle avait été ou non épousée par le roi. On pourrait citer cette même réponse comme un trait de goût et d'amabilité.

Il y avait moins de suite peut-être dans les idées des femmes du XVIIIe siècle que dans celles du XVIIe, mais il y avait tout autant de délicatesse.

On demandait à une femme d'esprit son sentiment sur les plaisanteries anglaises : « Je les aurais aimées, je crois, dit-elle, si je n'avais pas connu les françaises. »

Mme de Luxembourg n'aurait peut-être pas été

capable d'écrire une demi-page comme Mme de Sévigné, mais elle disait des choses qui faisaient oracle, et qui, malgré la profonde futilité du temps où elle vécut, sont restées.

Un mot de bien bon goût de Mme de Luxembourg, car c'est surtout dans les idées qui tiennent de près ou de loin à ce qui pourrait blesser les mœurs que le goût est de rigueur, est celui-ci. Parlant d'un livre très-licencieux[1], elle dit : « On ne peut le lire que d'une main. » Cela rappelle le mot d'une autre femme d'esprit, au sujet peut-être du même ouvrage : « C'est un livre que tout le monde a lu, et que personne ne lit jamais..... » Ce qui caractérise encore le goût, ce sont des indiscrétions voilées et même si bien cachées que tout ce qui ressemble à de l'indiscrétion disparait : « Ce sont de ces choses qu'on dit à tout le monde et qu'on n'avoue à personne. »

Un mot d'un autre genre, plus simple, mais pas moins agréable, est ce mot charmant et plein de

[1] Probablement les *Liaisons dangereuses*, de Choderlos de Laclos.

goût de l'empereur Joseph II. Pendant son séjour à Paris (c'était le temps de la guerre de l'indépendance), on lui demanda fort indiscrètement s'il était pour les Anglais ou les Américains : « Je vous avoue, répondit l'empereur en souriant, que je suis un peu royaliste. »

Il est encore d'un goût parfait de répondre à une vulgarité par une autre vulgarité, à une sottise par une autre sottise. Le prince de Talleyrand donnait un jour à dîner à Mme la maréchale Le Febvre, dont l'extraction ne répondait pas à la gloire de son mari ; au moment qu'il la conduisait dans la salle du festin, apercevant une table couverte des mets les plus recherchés : « Monsieur le Prince, quel fricot ! s'écria-t-elle. — Mme la Maréchale, répondit le prince en baissant les yeux : *Ce n'est pas le Pérou !* »

Dans un endroit de ses ouvrages, Delille, en s'exprimant poétiquement sur la manière dont il voudrait être enterré, s'écrie qu'il voudrait qu'on le mît :

Assez près de Thompson, et bien loin de Virgile.

Dans l'*Homme des Champs*, à propos des plaisirs qu'on peut goûter à la campagne, Delille n'oublie pas ceux que fournit la lecture, et à cette occasion il dit :

> On relit tout Racine, on choisit dans Voltaire.

CHAPITRE X

RARETÉ DES GENS DE GOUT

Il faut la capitale d'un grand royaume pour y établir la demeure du goût ; encore n'est-il le partage que du très-petit nombre.

Voltaire. Dictionn. philos. Art. Goût.

Dans une ville telle que Paris, peuplée de plus de six cent mille personnes, je ne crois pas qu'il y en ait trois mille qui aient le goût des beaux-arts[1].

Parcourez aujourd'hui l'Asie, l'Afrique, la moitié du Nord, où verrez-vous le goût de l'éloquence, de la poésie, de la peinture, de la musique? presque tout l'univers est barbare.

[1] Ceci fut écrit vers le milieu du XVIIIe siècle.

Le goût est donc comme la philosophie, il appartient à un très-petit nombre d'âmes privilégiées.

On est affligé quand on considère, surtout dans les climats froids et humides, cette foule prodigieuse d'hommes qui n'ont pas la moindre étincelle de goût, qui n'aiment aucun des beaux-arts, qui ne lisent jamais, et dont quelques-uns feuillettent tout au plus un journal une fois par mois pour être au courant, et pour se mettre en état de parler au hasard des choses dont ils ne peuvent avoir que des idées confuses.

La Harpe.

Après le talent, rien n'est plus rare que le goût.

Voltaire à d'Argental. Corresp. générale.

Je ne sais rien de plus essentiel que le bon goût.

Voltaire à Mme Denis.

Le goût est un don de Dieu fort rare.

Montesquieu. Essai sur le Goût. Des Règles.

L'art donne les règles, et le goût les exceptions. Le goût nous découvre en quelles occasions l'art doit soumettre, et en quelles occasions il doit être soumis.

Diderot. Du Goût.

J'en demande pardon à Aristote, mais c'est

une critique vicieuse que de déduire des règles exclusives, des ouvrages les plus parfaits, comme si les moyens de plaire n'étaient pas infinis. Il n'y a presque aucune de ces règles que le génie ne puisse enfreindre avec succès. Il est vrai que la troupe des esclaves, tout en admirant, crie au sacrilége.

Les règles ont fait de l'art une routine, et je ne sais si elles n'ont pas été plus nuisibles qu'utiles. Entendons-nous : elles ont servi à l'homme ordinaire, elles ont nui à l'homme de génie.

Une belle pensée touchant le goût est celle-ci de Champfort :..... Eh! le goût ne peut-il pas les enfreindre (les règles) comme l'équité s'élève au-dessus des lois.

Champfort. Éloge de La Fontaine.

Dans ces derniers temps, on a décrié le goût comme timide, pusillanime, quoique ce soit lui seul qui enseigne à oser heureusement.

La Harpe. Introduction au Lycée.

Il y a beaucoup plus de vivacité que de goût parmi les hommes, ou pour mieux dire, il y a peu d'hommes dont l'esprit soit accompagné d'un goût sûr et d'une critique judicieuse.

La Bruyère. Chapitre des ouvrages de l'esprit.

Duclos.
Considérations critiques et historiques sur le Goût.

Il me semble que le goût est le sentiment du beau. Le beau seul est donc l'objet du goût qui, dans les auteurs et les artistes, est le talent de le produire, et, dans les juges, celui de le sentir et d'être blessé du contraire ; car le goût ne consiste pas moins à rejeter ce qui est désagréable, qu'à être flatté du beau.

Un goût sûr saisit jusqu'à l'ombre du ridicule dans un amas d'excellentes choses, comme le creuset sépare un grain de cuivre dans une once d'or.

CHAPITRE XI

BON GOUT MORAL

OU

Moralité de caractère requise pour la conservation d'un bon goût permanent et incorruptible.

Peut-on avoir le goût pur quand on a le cœur corrompu? Diderot.

Un goût sûr n'exige pas moins un bon cœur qu'un bon esprit. Les beautés morales ne sont pas intrinsèquement supérieures à toutes les autres, mais elles ont une influence plus ou moins directe sur une infinité d'autres objets du goût. Pour tout Blair. Leçons de Rhétorique.

ce qui concerne le caractère ou les actions des hommes, et tels sont les principaux objets des plus sublimes œuvres du génie, il est impossible de composer une description juste ou frappante, et il est également impossible de bien sentir les beautés d'une telle description si l'on n'a point un cœur vertueux et sensible. L'homme dénué de délicatesse et de sensibilité, que les sentiments et les actions d'une générosité extraordinaire ne frappent point vivement d'admiration, sentira toujours très-imparfaitement les beautés de l'éloquence et de la poésie.

La Rochefoucauld. Maxime 379.

Quand notre mérite baisse, notre goût baisse aussi [1].

[1] Cette maxime résume parfaitement tout ce qu'a dit Blair dans l'extrait que nous venons de citer. Il est au reste bien vrai, contre la thèse générale de La Rochefoucauld, que, quelque dépravé de mœurs et de principes que l'on soit, on peut toujours conserver du goût dans ce qui concerne les arts, et surtout dans tout ce qu'on appelle jolies choses, etc. ; mais c'est le goût moral qui se gâte et se détériore *quand notre mérite baisse*; on ne goûte plus alors vivement la beauté sublime des sentiments moraux ; on acquiert à cet égard une sorte d'insensibilité, d'abrutissement, d'où naît ensuite une pente plus pitoyable encore que détestable, de jeter du ridicule, ou de le

Un goût noble et pur a beaucoup plus d'influence qu'on ne croit sur le caractère et sur les mœurs. Un goût dépravé rétrécit l'esprit, abaisse l'âme, et donne une infinité d'idées fausses.

Mme de Genlis. Leçons d'une gouvernante à ses élèves.

Les règles du goût sont méconnues à l'instant que les règles des mœurs sont renversées.

Influence du Théâtre sur les mœurs et le goût. Mercure de France.

Le vice et le bon goût quelquefois s'accordent, mais le plus souvent ne s'accordent point, ils s'excluent. La vertu et le bon goût au contraire s'accordent presque toujours, c'est qu'ils ont une même origine, *la pureté*.

Saint-Lambert.

Comme on se gâte l'esprit, on se gâte aussi le sentiment. On se forme l'esprit et le sentiment par les conversations et les lectures. Ainsi les bonnes ou les mauvaises le forment ou le gâtent. Il importe donc avant tout de bien savoir choisir pour se le former et ne point le gâter, et on ne saurait faire ce choix si on ne l'a déjà formé et point gâté.

Pascal. Pensées. Art. X. Pensée I.

tâcher du moins, sur les sentiments et sur les actions qui mériteraient les plus grands éloges, et même sur les plus sublimes pensées, ce qui prouve qu'on serait également incapable et des unes et des autres.

Ainsi cela fait un cercle d'où bienheureux sont ceux qui sortent?

Mme Necker, Mélanges.

Une vertu sévère perfectionne le goût à quelques égards ; mais elle ne dispose pas à l'indulgence, qui est aussi du ressort du bon goût.

Tressan Réflexions sommaires sur l'esprit. Chapitre X. Application des lois du goût à l'esprit de société.

M. de Tressan explique, d'une manière aussi ingénieuse que rigoureusement juste, la dégénération du goût en France qu'il attribue au bouleversement des fortunes, et à la subversion des rangs amenée par suite du désastreux système de Law. Cette vérité, savoir, que la confusion des rangs et le bouleversement des fortunes entraînent nécessairement la corruption du goût, étant malheureusement un de ces axiomes que le temps a consacrés, et qui depuis 89 a acquis une nouvelle évidence, il ne sera peut-être pas sans quelque intérêt pour le lecteur de le voir reproduit.

« Le désordre presque général dans la fortune des particuliers multiplia non-seulement les alliances entre les anciennes familles de l'État et celles des gens riches de l'ancienne finance, mais avec celles de ces gens nouveaux devenus riches en un moment.

« Un luxe énorme établi par les richesses factices du Mississipi, le prix des denrées, celui des étoffes, des voitures, les gages des domestiques portés au double de l'ancien prix rendirent ces alliances nécessaires ; la haute noblesse et la haute magistrature eurent bientôt pour beaux-pères, pour oncles, pour beaux-frères et pour cousins, ceux qui jusqu'alors leur avaient été presque étrangers. La société changea de composition ; les mœurs changèrent avec elle, et le goût national dépérit en même proportion. »

Quelques mots pris dans la société pourront servir à appuyer la pensée générale que la pureté du goût a une connexion intime avec la pureté du sens moral.

Un mot charmant de la comtesse de Boufflers est celui-ci : Oubliant quelquefois qu'elle était maîtresse du prince de Conti, elle répondit un jour à quelqu'un qui lui reprochait d'avoir dit qu'elle méprisait une femme qui avait un prince du sang : « Madame, je veux, dit-elle, rendre à la vertu, par mes paroles, ce que je lui ôte par mes actions.... »

Quelqu'un qui savait l'intimité qui commençait à exister entre Louis XIV et Mme de Montespan, s'étonnait maladroitement de lui voir pratiquer des préceptes de religion assez peu importants, comme de faire maigre. Offensée de cet étonnement, elle répondit : « Quoi ! parce que je fais un mal, faut-il les faire tous? »

Mme de Mailly délaissée par Louis XV, après en avoir été la maîtresse, s'était retirée du monde pour exercer toutes les pratiques de la plus haute dévotion. Un jour qu'elle était à la messe, une femme du peuple qui connaissait sa conduite, osa dire : « Qu'est-ce que cette c..... vient faire ici? » A quoi Mme de Mailly répondit avec humilité et douceur : « Si vous savez ce qu'elle est, priez donc pour elle. »

Au mois de novembre 1683, Bossuet s'étant chargé d'annoncer à Mme de la Vallière la mort du comte de Vermandois, elle commença par répandre beaucoup de larmes ; mais revenue tout à coup à elle-même : « C'est trop, dit-elle à l'illustre prélat, pleurer la mort d'un fils dont je n'ai pas encore assez pleuré la naissance. »

Dans une des lettres de Mme de Maintenon, où elle passe en revue toutes les phases de sa vie, pour prouver à une des dames de Saint-Cyr que tant qu'on n'a pas des sentiments éminents de piété, jamais le cœur n'est parfaitement satisfait, elle dit : « Enfin je suis *venue* à la faveur. » Cette expression est heureuse ; *parvenue* eût été beaucoup moins bien, *parvenir* supposant de la peine et que peut-être on n'eût pas été digne d'arriver au but. Au contraire, *venue à la faveur* explique simplement le fait. Il n'y avait que la délicatesse d'une femme qui pût saisir cette nuance.

Nous nous permettrons d'ajouter encore trois ou quatre exemples, dignes de servir de modèle du goût le plus épuré.

De la Tremblaye. Sur quelques contrées de l'Europe.

Où sont ces jours féconds en miracles divers,
Où le Tasse élevait sa voix douce et brillante?
Où Michel-Ange, et le Bramante
De leur hardi chef-d'œuvre étonnaient l'univers?
Où peignait le Corrége, Où Racine et Molière
A Despréaux lisaient leurs vers?
Où Pope et Montesquieu soupaient avec Voltaire?
Où Leibnitz envoyait un problème à Newton?
Où Londres eut Garrik, et la France Clairon,
Où parut l'Encyclopédie,
Cet immense dépôt de la philosophie,
Des beaux-arts, de tous les talents?
Où la nature, enfin, mit le comble à sa gloire,
A ses bienfaits, à ses présents,
En produisant Buffon pour faire son histoire?

Voyage à Constantinople.

Le passage du mont Hémus est une des plus belles horreurs qu'il y ait dans la nature. La neige en couvrait la plus grande partie ; tantôt nous voyions un glacis blanc d'une hauteur énorme, qui n'était séparé de celui qui était sous nos pas que par un chemin de deux pieds tout au plus ; tantôt le vent nous enveloppait d'un brouillard si épais, que nous ne voyions pas devant nous. Ces nuages se formaient et se dissipaient avec la même rapidité. Quelquefois les montagnes laissent entrevoir comme à travers un voile la plaine que le soleil colore pendant que vous avez la nuit autour de vous. Sur le sommet on ne voit plus de neige ; un lit continu de roc noirâtre, du granit, du marbre, et en descendant on marche entre des montagnes d'argile. Leurs couches perpendiculaires, leurs formes en aiguille offrent de singuliers effets ; elles n'ont que l'apparence de la solidité, comme ces arbres d'Afrique où les termites font leurs ruches.

Quand on quitte cette nature âpre et sévère, la plaine où l'on entre paraît encore plus riante et plus gracieuse. Au pied même du mont Hémus est Cazanlik, le Ghulistan de l'Europe. On ne voit partout qu'arbres fruitiers de toutes espèces : le village est au milieu d'un immense verger. Les roses qui y viennent en sillons comme la vigne, y sont recueillies et travaillées avec le même soin. Dans le printemps, l'odeur de ces charmantes récoltes parfume l'air à plus d'une lieue. Que d'idées cet endroit charmant inspire ! il n'en fallait pas tant pour faire éclore de la brillante imagination des Grecs la plus ingénieuse allégorie. Cazanlik pourquoi n'as-tu pas eu ton Théocrite ou ton Anacréon? Il aurait amené Vénus présider à la moisson de sa fleur chérie; Pluton t'aurait enlevé une Proserpine, et les roses de Cazanlik eussent fait oublier les prairies d'Enna. Ton poëte aurait embelli les nymphes modernes de la Thrace, qui expriment assez grossièrement des feuilles de la rose cette divine essence qui va à mille lieues mêler son parfum au souffle d'une jolie Française; mais il aurait conservé dans ses tableaux le vieux Turc qui la vend au poids de l'or. Quand je vois sa balance, ses atomes de poids, l'air sérieux avec lequel il débite sa précieuse et volatile essence, la sûreté infatigable de sa main qui la verse goutte à goutte, il me semble voir le temps peser le prix d'une jouissance.

A Nantes, lundi au soir 27 mai 1680.

Lettres de Sévigné.

Je fus hier au Buron, j'en revins le soir; je pensai pleurer en voyant la dégradation de cette terre: il y avait les plus vieux bois du monde; mon fils, dans son dernier voyage, y a fait donner les derniers coups de cognée. Il a encore voulu vendre un petit bouquet qui faisait une assez grande beauté; tout cela est pitoyable: il en a rapporté quatre cents pistoles, dont il n'eut pas un sou un mois après. Il est impossible de comprendre ce qu'il fait, ni ce que son voyage de Bretagne lui a coûté, quoiqu'il eût renvoyé ses laquais et son cocher à Paris, et qu'il n'eût que le seul *Larmechin* dans cette ville, où il fut deux mois. Il trouve l'invention de dépenser sans paraître, de perdre sans jouer, et de payer sans s'acquitter; toujours une soif et un besoin d'argent, en paix comme en guerre; c'est un abîme de je ne sais pas quoi, car il n'a aucune fantaisie, mais sa main est un creuset où l'argent se fond. Ma fille, il faut que vous essuyiez tout ceci. Toutes ces dryades affligées que je vis hier, tous ces vieux sylvains qui ne savent plus où se retirer, tous ces anciens corbeaux établis depuis deux cents ans dans l'horreur de ces bois, ces chouettes qui, dans cette obscurité, annonçaient, par leurs funestes cris, les malheurs de tous les hommes, tout cela me fit hier des plaintes qui me touchèrent sensiblement le cœur; et que sait-on même si plusieurs de ces vieux chênes n'ont point parlé, comme celui où était Clorinde? Ce lieu était un *luogo d'incanto*, s'il en fût jamais; j'en revins donc toute triste; le souper que me donna le premier président et sa femme ne fut point capable de me réjouir.

Delille. Jardins, Chant II.

O Versailles! ô regrets! ô bosquets ravissants,
Chefs-d'œuvre d'un grand roi, de Le Nôtre, et des ans!
La hache est à vos pieds, et votre heure est venue.
Ces arbres, dont l'orgueil s'élançait dans la nue,
Frappés dans leur racine, et balançant dans l'air
Leurs superbes sommets ébranlés par le fer,
Tombent, et de leurs troncs jonchent au loin ces routes
Sur qui leurs bras pompeux s'arrondissaient en voûtes :
Ils sont détruits ces bois dont le front glorieux
Ombrageait de Louis le front victorieux ;
Ces bois où, célébrant de plus douces conquêtes,
Les arts voluptueux multipliaient les fêtes!
Amour, qu'est devenu cet asile enchanté
Qui vit de Montespan soupirer la fierté?
Qu'est devenu l'ombrage où, si belle et si tendre,
La Vallière apprenait le secret de son cœur,
Et, sans se croire aimée, avouait son vainqueur?
Tout périt, tout succombe : au bruit de ce ravage
Voyez-vous point s'enfuir les hôtes du bocage?
Tout ce peuple d'oiseaux, fiers d'habiter ces bois,
Qui chantaient leurs amours dans l'asile des rois,
S'exilent à regret de leurs berceaux antiques.
Ces dieux, dont le ciseau peupla ces verts portiques,
D'un voile de verdure autrefois habillés,
Tout honteux aujourd'hui de se voir dépouillés,
Pleurent leur doux ombrage ; et redoutant la vue,

Vénus même une fois s'étonna d'être nue.
Croissez, hâtez votre ombre, et repeuplez ces champs,
Vous, jeunes arbrisseaux : et vous arbres mourants,
Consolez-vous ; témoins de la faiblesse humaine,
Vous avez vu périr et Corneille et Turenne :
Vous comptez cent printemps, hélas ! et nos beaux jours
S'envolent les premiers, s'envolent pour toujours.

CHAPITRE XII

JUSQU'OU S'ÉTEND L'EMPIRE DU GOUT

Un homme d'une haute piété, mais dont les lumières n'égalaient pas à beaucoup près la dévotion, me dit un jour : à quoi bon faire tant de bruit en faveur du goût ? Ne suffirait-il pas que tous les hommes fussent honnêtes gens et surtout bons chrétiens sans s'adonner à ces éternels raffinements ? — J'en doute, dis-je, par cela même que tout ce qui tient aux notions du goût tient immédiatement aux principes plus relevés d'une raison éclairée, et qu'une raison éclairée tient de plus près qu'on ne croit à l'amour de la vertu, à la piété même ; le bon goût vous ramène donc pour ainsi dire par une courbe très-naturelle à la piété ; des notions pures du goût sont aussi bien que la conscience un de ses fondements. Et ce qui le prouve, c'est que si nonobstant cela il peut néanmoins exister des personnes qui, sans le moindre goût, soient d'une piété profonde et sincère, qu'arrive-t-il? Ces gens-là vivent parmi les hommes polis et corrompus de leur siècle, sans comparaison, comme des individus atteints d'une épidémie, au milieu de gens bien portants; loin de les rechercher ou de leur permettre de nous approcher, on les fuit. Par leur manque de goût ces personnes se mettent volontairement hors du commerce, s'excluent de la société, se rendent même quelquefois incapables d'être utiles, de mettre à profit pour les autres leurs pensées et leurs sentiments, ces sentiments qui leur feraient souvent tant d'honneur, et dont l'imitation serait si salutaire au prochain. Le goût est donc pour l'économie présente le monde moral de cette terre, un préservatif qui en prévient la décomposition. Au reste (car la matière du goût se présente sous bien des faces différentes), rien ne prouverait peut-être mieux la profonde corruption de l'homme et la dégénération de la société que la *perfection* actuelle du *goût* et en général la *nécessité du goût*.

En effet, s'il n'y avait ni péché, ni vice, ni corruption dans le monde, il n'y aurait que des beautés simples, naïves, ingénues, et celles-là peuvent se passer entièrement du goût, ou plutôt ses règles ne lui sont pas applicables. L'empire du goût ne s'établit proprement que là où le beau artificiel est mis en parallèle avec la nature morale ou physique dégénérée. Pour tous les autres genres de beautés qui tiennent à un type direct et primitif formé par la main même de la nature, le sentiment seul du beau, le pur instinct suffit ; on n'a besoin ni de Batteux, ni de Montesquieu, ni de D'Alembert pour apprécier le bruit du tonnerre, une cascade, un beau cheval, une belle femme, une fleur, il suffit d'être une créature impressionnable organisée comme nous.

« Là où il n'y aurait nul goût, a dit Voltaire, il ne pourrait y avoir nulle vertu, et cela même explique peut-être la profonde barbarie du moyen âge. » Rien de plus juste et de plus vrai assurément, mais il faut également convenir que celui qui accorderait trop d'importance au goût, celui qui en exagérerait l'utilité et la nécessité ne ferait peut-être pas moins de tort à la vertu que celui qui, d'après des opinions hétéroclites, mépriserait le goût comme absolument inutile.

Il est certain et également juste de dire que si l'on ne conservait et ne maintenait pas en tout et partout les principes du goût, tout finirait par tomber dans la confusion, en sorte que la morale elle-même finirait par s'en ressentir et par être sapée dans ses fondements. Tout cela est très-vrai et en partie démontré par l'expérience ; et cependant il est tout aussi vrai de dire que les notions du goût les plus saines, et même la pratique du goût dans toutes ses parties les plus raffinées ne serviront en quoi que ce soit au salut, ne seront d'aucune utilité en eux-mêmes pour acquérir un degré plus ou moins éminent de bonheur dans une autre vie.

Lorsqu'une personne très-coupable a du goût, elle en est mille fois plus malheureuse. Cette finesse d'aperçus, cette délicatesse de sentiment ne servent qu'à rendre ses remords plus cuisants ; mais vertueuse et innocente, ce tact eût été pour elle une source infinie de voluptés, de joies célestes des plus pures. Ayant abusé de la jouissance et des moyens de se la procurer, elle a fait comme un homme qui jetterait du poison dans sa propre citerne, et en boirait les eaux [1].

[1] Ce raisonnement eût été applicable à Madame de Krudner, si elle ne se fût pas convertie.

Une grande question de métaphysique et de philosophie se présente ici. Tout ce qui tient aux règles de la composition et aux préceptes du bon goût est-il immuable? Sont-ce des vérités éternelles en elles-mêmes et indépendantes des individus, et de l'ordre actuel des choses auquel on les applique, en sorte que ces vérités et ces préceptes soient les mêmes pour les habitants d'une autre sphère que la nôtre? Ou bien ces préceptes ne sont-ils applicables qu'aux seuls habitants de ce globe? Ne nous affectent-ils, n'entrainent-ils notre conviction et n'emportent-ils notre consentement qu'à cause que nous sommes organisés de telle manière plutôt que de telle autre, en sorte que si nous l'étions différemment, ces mêmes préceptes ne trouveraient plus ni prise sur nous, ni application chez les autres. Je suis, je l'avoue, pour la première hypothèse, pour la première opinion qui me paraît fondée en raison. Les règles du goût et de la composition me semblent devoir être immuables, c'est-à-dire les mêmes pour Dieu au sein de la perfection que pour l'homme sur la terre et pour le démon en enfer. De même qu'il a été dit que chez Dieu il n'est point d'acception de personnes, on pourrait dire aussi qu'il n'est point d'acception de personnes chez le goût. La raison incontestable et triomphante pour laquelle cela me paraît devoir être ainsi, et ne peut-être autrement, c'est que ces règles et ces préceptes sont fondés en logique, c'est qu'ils tiennent directement par leurs racines comme par leurs dernières ramifications à l'art du raisonnement. Or figurez-vous, si vous le pouvez, un être intelligent avec des ailes de séraphin, ou avec des griffes comme le diable, ou résidant dans une lumière inaccessible comme Dieu, et qui puisse se passer de *raisonner*, cela ne saurait s'admettre. De bons éléments de littérature doivent donc être d'une vérité universelle pour tous les hommes et dans tous les siècles, et en remontant du simple raisonnement à ce que le raisonnement a de plus subtil, il en résulte que la matière du goût et de la composition est du ressort de tout être intelligent.

Je présume qu'on ne pourrait mieux terminer les questions intéressantes qui viennent d'être posées dans cet Essai sur le Goût que par celle-ci : **DANS UN AUTRE MONDE Y AURA-T-IL DU GOUT? SERA-T-IL POSSIBLE QU'IL Y EN AIT ET SOUS QUELS RAPPORTS SE REPRODUIRA-T-IL?**

A propos des diverses questions sur le goût,

quelqu'un demanda un jour : Et dans l'Éternité y aura-t-il un bon et un mauvais goût? Ni l'un ni l'autre fut la réponse. Goût suppose nécessairement deux choses, *différence d'aptitude dans ceux qui jugent, et différence de qualités dans les objets jugés*, divers degrés en un mot de perfection, et par conséquent choix à faire. Or comment se pourrait-il que là où tout sera parfait, où rien ne sera au-dessous de la *perfection absolue*, il pût se faire que ce que nous entendons ici-bas par juger et apprécier, trouvât son application, et néanmoins c'est cela même qui constitue les attributions du *goût*. Il est plus qu'à présumer que l'aptitude de juger et d'apprécier sera convertie dans le séjour de la béatitude en un *sentiment continu d'admiration*, et jamais ce sentiment ne pourra plus être altéré par aucune cause directe ou indirecte d'imperfection, par cette toute-puissante raison que la perfection se trouvera résider et dans la nature de l'observateur et dans l'essence de l'objet.

D'ailleurs comment voudrait-on, même en admettant quelques légères diversités, qu'il pût y avoir *mauvais goût* dans une région à tous égards si fort élevée au-dessus de ce petit globe sublunaire? On conçoit qu'au premier abord une telle perfection, un état de bonheur si permanent, une situation aussi identique, peut avoir pour notre inconstance naturelle quelque chose d'effrayant. Mais en y réfléchissant, l'on conçoit aussi qu'après avoir été habitué pendant quelque temps à la jouissance de si ineffables et enivrantes perfections, si tout à coup on devait se retrouver en contact plus ou moins intime avec des objets moins parfaits, serait non-seulement pénible mais un vrai supplice. En cette vie, nageant comme nous faisons dans un océan de médiocrités, nous avons acquis par l'habitude toute la force nécessaire pour soutenir l'aspect de ce qui est imparfait en tout genre ; mais dans le séjour de la félicité suprême, nous serons bientôt devenus *sybarites* (si l'on peut se servir de cette expression) au sujet de ce qui est beauté de formes, de modifications quelconques et surtout de convenances morales.

Ce qui rendra le goût superflu ou impossible dans cette nouvelle existence, en tout si supérieure à la nôtre, c'est que son contraire ne pourrait avoir lieu. Le bon goût n'existe ici-bas que parce que le mauvais y domine. Or le mauvais goût, comme on vient de le prouver, ne saurait trouver place là où tout sera parfait. Il en sera du goût comme du plaisir. Le plaisir ne nous a été accordé ici-bas, soit au physique, soit au moral, que comme compensation de son contraire, qui est la douleur au physique et le chagrin au moral. Or, de même que là où ni chagrin, ni douleur ne pourront pénétrer, ce qui leur est diamétralement opposé ne pourra avoir lieu non plus. De même, dans une économie nouvelle, le bonheur parfait étant destiné à remplacer le plaisir, la perfection absolue remplacera à son tour toutes les nuances du goût.

CONCLUSION

Comme un ouvrage ne saurait avoir une utilité réelle qu'autant qu'il laisse dans l'esprit un résultat quelconque et positif, un résultat où la substance du livre soit pour ainsi dire renfermée, et où l'on peut aller puiser des applications, des considérations ou des directions pour les cas particuliers, il me paraît qu'on pourrait à peu près réduire, sous les chefs suivants, les vérités les plus importantes qui constituent la doctrine du goût disséminée dans les pages qu'on vient de parcourir.

C'est le bon sens qui est le précurseur, le réclamateur du bon goût.

Le goût est l'appréciation généralement approuvée de la perfection.

Le goût est le discernement prompt et juste des beautés et des défauts des ouvrages de l'art, et le sentiment exquis et délicieux des charmes de la nature.

Il y a dans l'art un point de perfection comme de bonté ou de maturité dans la nature. Celui qui le sent et qui l'aime a le goût parfait, celui qui ne le sent pas, ou qui aime en deçà ou au delà, a le goût défectueux. Il y a donc un bon et un mauvais goût, et l'on dispute des goûts avec fondement.

www.ingramcontent.com/pod-product-compliance
Lightning Source LLC
LaVergne TN
LVHW020314230826
846091LV00003B/672